U0054619

十八甲阿公

邱傑 著

推薦序

名作家／黃瑞田

「職人」是近幾年出現的新名詞，針對專注於以特殊性、技藝性的工作為業的人士的敬稱，例如導演、道長、撿骨師、作家、刺青師、捏麵人、記者、舞者、畫家、漫畫家、書法家……等等，都可稱為「職人」；邱傑身兼作家、資深記者、畫家、漫畫家、石頭畫家、陶藝家於一身，可說是「跨界職人」，但他「只願當一個永遠熱愛創作的人」。

二十五年的新聞採訪生涯，讓邱傑深入社會每一個角落，認識無數販夫走卒與高官顯要，銘記了許多名人逸事，也養成了邱傑追根究柢的個性，透過如同相機寫真的文筆，創作了無數文學作品。他的第一〇九本書《十八甲阿公》，收錄的三十篇優美動人的散文當中，我看到了邱傑生活的多采，以及對周圍事物深刻的觀察。

白石莊是他的家，有流水、小湖、樹林，花草、果樹，以及不請自來的種種野生動物，這些都是他寫作的題材；他的身與心當然不會宅居於白石莊裡，他寫福山公園、美國白山、日本兼六園、鐵路環島旅行；他寫母雞育雛、寫麒麟、毛蟹、五色鳥、松鼠與蛇；他關心石滬，也研究石滬。

《十八甲阿公》的每一篇，都透露出邱傑對鄉土的摯情真愛與真心關注；他更擔心某些傳統會流失，例如中元節祭品中已難尋「魔瘋阿」的蹤影；又如年輕的郵局窗口人員已經不識「稿件」為何物。信手捻來，無不真情流露。

邱傑寫作真心，我也推薦真心，祝願讀者們讀得開心！

推薦序

兒童文學暢銷作家／李光福

當思維隨著目光在字裡行間移動時，我想起一首老歌「像一隻孤獨的海燕　海闊天空任你翱翔……別忘了從遠方回來的時候，要告訴我許多故事」……

是啊！就如邱大哥所言，他習慣用文字代替攝影機之寫真功能，書寫他所思所想所見所聞，真實不虛假，樸實不帶粉飾。在《十八甲阿公》裡，可以恣意的看山看水、看鄉村看城市、看動物看植物、看人文看風俗……一張張照片似的，彷彿海燕（邱傑）從遠方旅行回來，正滔滔不絕的告訴著讀者許多他經歷的故事。閱讀中，每每不由得設身處地用心體會，讓自己身歷其境，感受到一種美感與韻味，讓人會有心悸心動而興起追隨著書中情境而生出不如行動的衝動！

認識邱傑這位謎樣人物，緣起於某年某月的某一天，在桃園兒童文學界輩分較低的我受邀到文化局參加桃園兒童文學協會創會籌備會，因緣際會而結識了他；知道他有著顯赫的背景後，我尊稱他「邱大哥」。這一結緣，二十三年了！

認真拜讀之後感動殊深，有些美，如果說穿了，就不美了，《十八甲阿公》即是。至於《十八甲阿公》有多美？套句電視流行語——讓大家一起看下去吧！

推薦序

退休校長、名作家／陳招池

這是一本有深度、有內涵，有骨有肉的好書，也是一本智慧與靈感的結晶，作者不但有超高駕馭文字的能力，而且還有深刻的人生實踐與體悟，值得大家一讀再讀。

第一〇九本新書是今日成績，事實上著作等身的作者早期即發表過好幾本青少年科幻小說，有著細緻的場景刻畫和鮮明又內斂含蓄的人性寫實，篇篇都是賞心悅目的精品，讀後迄今難忘。數十年後的今天再能拜讀新作，不但寶刀未老，更見筆力萬鈞之深厚功力。

有幸能優先賞讀，《十八甲阿公》讓我愛不釋手，深深覺得此書實乃他這趟人生之旅最有滋有味的篇章，字字充滿著惜福、祝福與造福的溫暖，處處發揮人性最光輝的一面，我當可預見這本書出版後一定會讓讀者感同身受。

如此優秀的作者，願意分享他的人生最寶貴的閱歷，願意給社會灌入一股懷舊啟新的暖流，令我深感敬佩又讚歎，非在此極力推薦給讀者不可。

自序　56年的第109號

有一天去看宮崎駿一部新作品，看完覺得結構鬆散，張力虛軟，真是有點失望。那之前之後連著幾天翻讀村上春樹一本新書，同樣也感到裡頭幾個故事讀來教我興味索然。

我無意冒犯兩大師，只是講出了自己心中所感。年紀已經一大把，講話實在不要有太多顧忌了。

兩天後我要去領一個文學獎，主辦單位要在專輯上收錄全體得獎人的感言，我拿的只是報導文學項的副獎，打開電腦敲鍵直書：「不知道是這座大獎的大山太高，還是我的功力弱化太甚，拿這樣位置的獎於我可還真是不習慣啊。」寫完內人砂子一看直接開罵：太狂了，不該不該。女兒也說：你這樣寫，教其他得獎人及沒有得獎的人心中做何感想？我思索著分明講出心裡話，真有這麼不該嗎？想著想著還沒有想出答案，人家專輯已經開印了。

從出版第一本作品到今天，「十八甲阿公」原本列為我的第一〇七種出版品，只是臨時插進來兩種，因此改列為第一〇九種，這是我寫作生涯五十六年的最新成績。

這算是成績嗎？

臉書上一位文學大老說，現在紙本出版物中，佔極大比例都是作者自已拿出約十萬元，把文稿送給出版社審查一番，審完簽約，自已另外花錢自購四、五百本回家，其餘交出版社發到各通路販賣，賣了作者可以拿到每本二十至三十元不等的版稅，過一段時間還沒賣掉便由作者取回。自已取回做什麼呢？無非到處送人，偏偏許多人不喜歡書，或是家裡早已書山書海堆疊，更歡喜的其實是送他一杯星巴克。

大老的話教我大大吃驚，想想似乎也是真的。我迄今繼續有人願意幫我出書，在秀威這已是連續兩年來的第四本書，我要特別感謝所有願意替我出書而又不需要我附帶條件、甚至還附帶優厚條件給我的出版單位，也特別要感謝秀威如此厚愛我，把我的書本本都編得非常精美，不須出錢，還有版稅可領。

《十八甲阿公》收錄我三十篇散文作品，這是我一貫的以散文呈現的寫真集之一，我習於以文字代替攝影機之寫真功能，書寫我所思所想所見所聞，寫真不寫假，不帶一絲粉飾，就如我看名家動畫、名家散文，寫得獎感言，不想有所顧慮，也不須任何虛假。當然寫真也不是把文字丟上清潔車，我還是一字一句精挑細選認真構圖取景以務求其美，我不敢愧對近一個甲子的書寫生涯，更不敢讓讀者讀了生厭。以村上之功力尚且寫出讓我有所批評之作品，只怕即使我耗盡全力也難望其項背而缺失處處，這也只能請讀者多所寬容多多包涵了。

目次

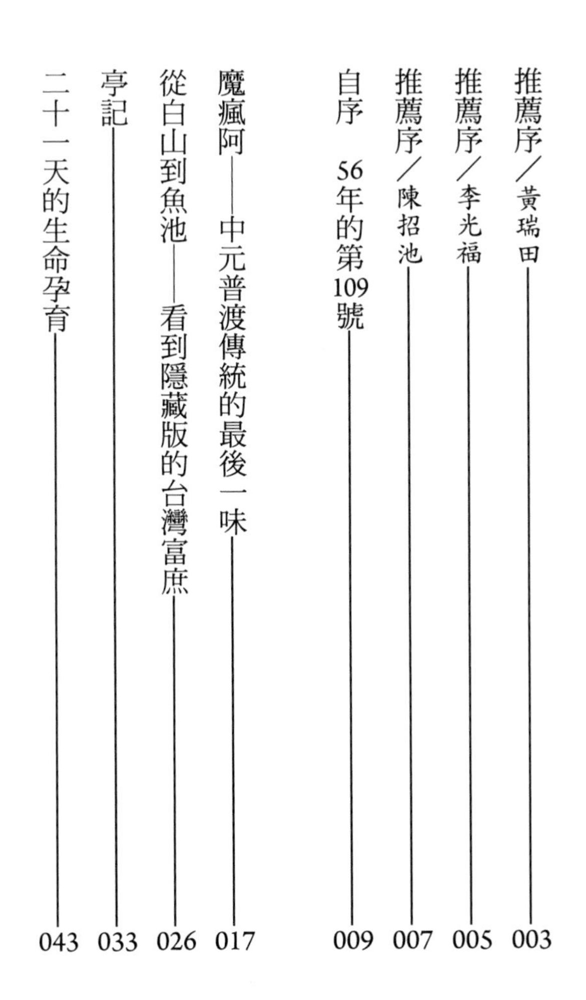

魔瘋阿——中元普渡傳統的最後一味

「魔瘋阿」是直接音譯自河洛語，但也只是音近似而沒有任何意義，據說另有難寫難記的正名，而我寧願自行推敲。如果真是魔瘋阿，字義上魔是妖鬼，雖然此物用以祭鬼，但台灣人仁厚慈悲而且博愛，就算祭的是沒有人祭拜的孤魂野鬼，也以好兄弟稱之，不稱其為鬼，更不可能以魔相稱，還配上一個瘋字而成了瘋狂之鬼。所以魔瘋阿肯定不叫做魔瘋阿。

叫「磨方仔」嗎？磨的河洛語帶著哇的尾音，和此物讀音不合，所以不是磨方仔。方字暫且不提，仔是合宜的河洛話用字，讀成阿字，台灣河洛人喜以仔做為名詞之尾，用處巧妙且變化多端。有的加上這個仔字之後變得親切，例如人名阿葉，多喚成阿葉仔，立時拉近許多。有的沒有增其親近親切卻可提味，例如鳥叫做鳥仔，葉叫做葉仔，桌叫桌仔，椅叫椅仔，讓名詞動聽不少。但有時一旦加了個仔字卻又帶有輕賤感，警察直稱警察固無不可，再加上大人二字更顯尊敬許多。就像尊稱神明為大王公，還加上大王公祖的祖字，敬意直接再提升十百倍。如果警察兩字之後加一個仔，警察仔，那就鄙視得直白了。同樣，老師加個仔字，叫做先生仔，浪人叫迌迌仔，鄉長叫做鄉長仔，其貶抑至明。

如果用磨方仔，磨不對，方字此際似也沒有什麼理由。總之，磨方仔不合。

那麼，是「模仿仔」嗎？

可口好吃的而且一年之中只在中元節拜老大公才出現的米製糕點，難道其真正的名字就叫做模仿仔？

仔既是附加的無意義尾音，正名模仿。何以此物名叫模仿？模仿什麼啊？

台灣節和中原大陸之節有相似卻也有相異之處。例如過年，同樣是過年，台灣河洛人蒸年糕叫做炊甜粿，過年吃甜粿寓意吃甜甜、過好年，而不是吃年糕想要求個年年高。台灣過年不是年獸來了、走了，而是玉皇大帝準備過年發大水把大地淹了，土地公公得訊趕去向觀音菩薩求情而使萬民逃過溺水之劫。除夕夜不准嫁出去的女兒留在家，以免同時遭了殃，年初一大家相見發現彼此皆相安無事乃互道恭喜，年初二遠道的女兒也舉家全都回來娘家探視團聚，更是為老少平安而歡天喜地。同樣的中元節也大有相異之處，單就這模仿仔的祭品，他處未曾見過，一年之中的其他各節也不可能買得到，百分百的中元限定。

中元節是所有台灣節中我最愛的一個節。小時候貪戀的是模仿仔的好滋味，以及又怕又愛的中元節特別帶有的各種神祕的鬼神傳說。昔時民間生活素樸，兒童沒有什麼零食甜點可嘗，年節總有平時所難得的美味。及長稍稍了解中元意涵更是大大感動台灣人之愛的廣博無疆：祭拜除了拜神明求庇佑，求國泰民安，還要拜祖先感恩傳給我們肉身和優秀的基因。只是自己的祖先自己拜，萬一先人未傳子嗣，或是客死異鄉而子孫無法前來祭拜又該怎麼是好？其魂魄豈不備感孤單？活人是「每逢佳節倍思親」，推想亡者，必也相同，因而有了中元之節，隆重舉辦普渡眾生之禮，所稱眾生，通俗稱呼也就是孤獨流浪之鬼，讓這些無人祭拜之靈體也得享有人間美味，如此廣慈之心，教我真是感動得不得了，也尊敬得不得了。

我童年時台灣民間普遍並非富裕，逢得中元，卻是極其之慷慨大方。曾有年年中元戶戶都殺豬公獻祭之俗，各自在自家把豬宰了，刮乾淨體毛或依禮獨留若干鬃毛，在豬嘴裡塞一顆鳳梨或橘子，脖子上吊一串銅錢古幣，同時將豬的臟器，加上依然鮮活仍會張嘴無聲呀呀的大鯉魚及宰好留著尾羽的生雞掛在其下，外加各種甜品菜碗擺滿一張四方大桌一同祭拜。祭拜場所往往選在若干距離之外的溪頭、河灘、雜林草埔，斯時天已全黑，火把或是電池燈、礦火燈*照明下眾人合力以人力車或牛車將豬公及所有祭品桌椅用物統統擺上拖行而去，拜好再運回家。祭禮全程只見草澤野地叢林河灘人影幢幢，樹影猙猙，水波在圓月照映下更是詭異多變，真個氣氛十足。鄉民總認為那樣的時、地正是好兄弟放心前來接受饗宴之好時機。祭禮開始就先點燃一大把香，遍插所有祭品之上而不得有一道遺漏者。等到這一炷炷香燃到只剩十分之二三，再點一把，再續一遍，同時獻第二杯酒、第二盞茶，如此凡三回，方為禮成。拜前，還要傍著蜿蜒小路一路插香，以便好兄弟看到了信號沿路尋來。拜完，燒完銀紙冥鈔，將供桌上三杯米酒灑向大地，放起一把鞭炮，功德方算完成。

中元拜的是七月十五之夜，也有禮厚之人連拜三回，七月初一鬼門已開，先拜一場，七月十五拜第二場，七月廿九鬼門將關，好兄弟假期已屆，趕快再拜一回，教他

* 也稱「電石燈」、「電土燈」、「瓦斯燈」等。以前使用的照明設備之一，亮度比煤油燈效果好，且較不易被吹熄，經常運用於戶外場合。

們吃飽喝足，盡興而走。一年到頭雖不曾聽有鬼魂騷擾之事，祭拜之誠心誠意卻無人輕怠。

年節敬神拜鬼甜點種類繁多，有些是每一個年節都可擺上供桌的，敬拜對象上自玉皇下至土地皆無不可，例如麻粩、米粩、土豆粩之類，或是糕仔、麵龜仔之類。麻粩米粩土豆粩基底相同款，都是油炸出來的條狀膨鬆米食，不同的是外殼裹了一層麥芽糖漿後，滾上芝麻、爆米花、土豆，土豆即花生米，用在此處又分粉狀及顆粒狀兩種。不同的覆載因而呈現出不同的滋味變化，吃起來香、脆之至，真乃正港台灣味。糕仔則又是不同的甜點，米磨成粉後印模壓製而成，外觀緊實而入口鬆軟，糕仔大多甜味，也有做成鹹口味的，外型有被壓成彎月狀，也有圓型、五瓣花型，過年的糕仔則是長方型薄薄一塊，外頭用紅紙一一包妥，逐一相疊，在神明桌上可擺上一整個月都不壞，既是甜食，也是年節神桌擺飾，這種形制的糕仔才是台灣人寓意年年高之物。

麵龜仔是長橢圓形刷了顏色的麵包，大致刷成豔紅色，也有桃粉紅色的，內餡有紅豆泥、綠豆沙兩大宗，外觀富泰象徵吉祥圓滿，幾乎任何祭拜皆可將它擺上桌，百無禁忌。

除了通用甜點，另有特用品，其中模仿仔便是中元限定，一年之中除了七月，其他十一個月市面上都買不到，而且一般人家會自己製作紅龜粿、菜頭粿、草仔粿、麻糬、湯圓，幾乎沒有人會做模仿仔。年節限定供品另有元月十五元宵的糯米龜，元宵節台灣各地大廟常有求龜之禮，以糯米蒸熟拌上烏糖後塑成龜型，抬往大廟獻祭。民俗中若此龜只供自家食用，則拜拜獻香之後即將龜之首尾一百八十度掉過頭來，讓頭部朝廟門方向，昭示此龜已是名龜有主，他人不得求去。若未掉回頭，則任何人都有權靠摶杯來贏得此龜回家享用。但也不能白吃人家，次年必須依龜之大小酌加斤兩再塑一龜送廟獻祭，讓別人自由乞求。如此年復一年，龜的體重年年增長，老廟元宵常有千斤大龜原由即此。當然上百斤甚至上千斤之龐然大龜不是一家可以完成及一家可以自行享用的，非得集合左右鄰舍好友宗親社團共襄盛舉。龜在元宵傍晚塑形完成，用牛車、鐵牛車、小貨車等載具載往大廟，沿途敲鑼打鼓燃放鞭炮助陣，為元宵夜添加了許多熱鬧。

清明掃墓的特有食物是加了刺殼草*的草仔粿，刺殼草只在清明前後長出、開花，其餘月份完全不見蹤影，用以做粿，吃來帶著青草的香，也彷彿吃得滿口春天的

---

* 又稱鼠麴草，草仔粿的原料之一。

氣味。以前端午肉粽節粽子向由家戶自炊自製，種類及餡料有各種變化，粽子雖是一年到頭想吃就吃之物，但味道苦中帶甘得沾著白糖吃的粳粽卻是端午才綁，也唯有端午才吃得到；重陽、冬至也是台灣重要年節，拜湯圓和麻糬，倒不特定非這兩個日子才有這兩味。

許多年節氣氛已日益淡薄，年節供品祭品在賣場超市都可方便買到，形狀變了，口味變了，大致上過年過節也逐漸變成應景之事。想吃到真正古早年節美味變得珍稀而難得。何況，現代食品點心是如此千變萬化，又有幾人還堅持著喜歡古早味呢？家庭中仍然念念不忘古早傳統味的人，或許只剩最老一輩的阿公、阿嬤這一層的老人，家裡即使仍有年節祭拜儀式，桌上也早已逐年變換內容，罐頭、洋酒、速食麵、披薩、炸雞、可樂、啤酒、各種飲料……，連鬼神似乎也只得依著時代改變口味，凡人中變成少數族群的老人家如果依然堅持，豈不食古不化？

模仿仔是做來拜老大公的祭品，模仿仔之名何來？何義？我去請教三代餅家，年輕的老闆娘呵呵笑：阿就古早以來就這樣的名字嘛。連訪多家，餅家賣的許多都已是五花八門的洋化商品，或台洋混合，莫說沒賣模仿仔，連名字都沒聽過的也是大有人在，也沒有師傅做了。

當我試著推敲模仿仔的名稱時，突然靈光一閃，模仿仔既稱做模仿仔，則必有模仿之目標及目的。模仿仔外形做成兩種，一種呈覆碗形，雪白色，上方尖端部位點上紅色；另一種呈桃形，漂亮的鮮紅色，卻在中央由上而下裂出一條縫，這是什麼？分明便是女體的特徵胸乳與下陰嘛！答案自此迎刃而解，原來滿桌美食美酒是敬奉給老大公好兄弟的饗宴，而模仿仔則提供了好兄弟的另一種需求，先人挖空心思的設想是如此溫馨體貼，虔敬周到至此，想像力真要教佛也跳牆魔也瘋了。

我住的一座兩百多萬人口之市，中元還有賣模仿仔的店家或許只剩兩個巴掌數得出來之數。寫此文時，甚至還驚聞數十年前從家鄉遷往多倫多的一家老字號台灣餅家在八月底停了營業，東部加拿大的台灣人如果還有人想念鬆軟軟綿ＱＱ的麵龜仔，想念帶著獨特香氣的模仿仔，這下只能從夢中尋了。

模仿仔在製作過程中加了什麼．來生出那特有的除了甜蜜還帶點兒粳味的一縷香？此題絕非不諳糕餅技巧的我所能窺知，我所確定的是以後買者必然日少，有一天賣者也不會再央請老師傅繼續製作，那豈只加拿大台灣人，連住在台灣的台灣人或許也都沒得買也沒得回味它了。

沒有模仿仔的中元節，就如沒有甜糕的過年，沒有粽子的端午，沒有月餅的中秋，那還像過中元節嗎？

從白山到魚池
——看到隱藏版的台灣富庶

我們的車在山裡繞行許久，放眼盡是不同卻近似的山林景觀，山中路ＧＰＳ根本不濟，眼看天將黑未免起點兒心急與慌亂，這使我想起了白山。

那年在白山，原只為了貪看網路中的一座廊橋而誤闖，話說那廊橋有多麼浪漫，有牆也有屋簷的橋，電影裡頭每一對戀人行過此橋，一定要在橋上親吻。橋約莫有八十公尺長，算是長橋了，情人卻往往嫌其短，非得以兩倍或三倍的時間才通得過。

小看了白山，或許是小看了美國，白山是國家公園，也是知名產材之地，滿山滿谷都是參天巨木，山巒相接，轉過一個彎又接一個彎，經過一座山又是一座山，景觀一直改變，卻又是一般模樣，只怕這一輩子也不曾看過這麼多的樹，走過這麼長的山路。

開車許久許久才與他車難得一會，十之八九皆是二十幾個輪子的超大型連結車，車上鐵鍊綑綁數根各有數十公尺長一兩公尺直徑的木材怒吼著咻咻前行，連駕駛的五官都來不及細看就交會而過，遑論與之相對一笑。老半天不見一個人，見了人真有衝動非與之展顏一笑不可，卻不可得。

而今走在我們自己的白山，是小一號的白山，座座相連的山體不高，樹也不粗壯，九成九都是單一樹種，瘦瘦高高，頂著大大一個蓬蓬頭，正是大家熟悉的台灣口香糖之樹，正名檳榔，在地人稱做菁仔。台灣女孩嬌嗔罵人會罵一句菁仔欉，我還是極年輕時聽不懂其意，及長，認識了菁仔樹，看它總是楞楞呆立道旁，倒真莫怪女孩們罵因貪看她的美貌以致看呆了的仰慕者，那楞樣兒與檳榔樹可也近似十分。菁仔欉多麼美麗雅緻的罵人的話，而卻千萬不能亂罵，再雅緻畢竟也是罵人。

白山巨木森森，而這兒則是菁仔欉欉欉密密。不同的山貌山型與樹貌樹型，同樣密織為地表鋪上厚衣如毯。

我們在白山尋找廊橋竟日不得，立刻改變尋標指令，尋找一可供一宿之地。若未尋得，我們將夜宿小車之上，夜晚溫度迅速下降幾十度，那不可想像。

我們在這菁仔欉之山林原來是不須忙亂心慌的，因為早已下單訂得夜宿之所在，幾近迷途狀態旋繞山林之中，只因今天別無特別目的，網上這個宿處據說美麗之極，遠道行來只求一窺真相一如對廊橋之憧憬，當個宿民求得甜美一宿已足。既然別無目的，旋旋繞繞也就可以是目的之一或二，沒有目的的旅行最美莫過自在。誰知小看了菁仔之山一如昔時小看了白山，山中竟有如此多的岔道，如此深不可測的腹地，越往前行越覺沒完沒了。

台灣的山原來也和美國的山一樣廣大啊。用廣大來形容此地正宜，深遠而不知其涯，真乃廣大無比。

而台灣的山裡藏著的富裕，也絕對不遜於白山吧。他們的山承載的是粗壯筆挺一生只砍一次收獲一回的大樹好材，我們承載的是終生源源產出菁仔「綠金」，種一棟菁仔樹，收長期菁仔。若遇著菁仔價跌則砍其花苞含穗，謂之「半天花」，是一道名菜；萬一價格再崩盤，狠起心將芽端一刀剁下，仍可獲另一道名菜，叫做「半天筍」，都是饕客垂涎之物。

菁仔山已是財富，山中還常可見隱藏版之各種財富，忽見苗圃藏身山中，五葉松、羅漢松、黃檀、沉香、七里香、真柏等等叫得出名叫不出名的高貴樹種皆以太空包淺植方式安置其中，以便隨時來了買家出了合宜價錢便吊運而去。分明植物，卻如動物般移動便利。凡眼者我，只知其中任何一株至少市價十萬元、二十萬元，竟栽得峰峰相連不知多少倍的千百株，換算總值，這一山怕不是一個天文數字之價。最可驚的還在行行復行行，忽然路斷眼前，路倒也不是斷了，而是前方一座大門聳然而立於路中央，阻住去處，原來此路為其人所開，踏入其人地界已不知有多少距離。但見重門高高難窺其內之堂奧，看門與牆之氣派宏偉已足可教人結舌，根本看不出經營者之深度。再偶遇另一路斷處，門是開著的，卻因庭院深深，只見門裡花壇壯觀，奇樹遮天，依然難得一見飛簷之一角。似此大戶一路亂闖竟也見了許多，其他中戶似乎更多，其實中戶看來也可觀了。

方才進入山林前先行過小街，小街一如台灣各地之小街，店家櫛比鱗次，看不知經營者的深度，進了山中方知此地竟乃臥虎藏龍！

天將全黑了，導航相告，我們正在接近目標，再迷航只二次，於焉到達。遠遠一望，又是哇哇然情不自禁出口。

方才迷於山中所見，密林中深宅大院，而此刻是開朗開闊的矮牆，遮不住裡頭驚人之姿。只見內有緩坡綠草如茵，中央兩座巨宅，純傳統日式造型，襯以巨石、老松、石燈、小池、驚鹿諸景，驚覺竟已置身京都或奈良。

白山之夜，貓頭鷹網站推荐了五顆星評價一家宿處，遠遠行去，平實排屋無華，典型美式摩鐵，卻見著毗鄰竟是頗有規模的公墓。那山中民宿本已清寂未見泊幾輛別人的車，與墓園為鄰未免更添涼冷氣氛，急急掉轉車頭，再尋第二選項。

第二選項也是五顆星評價，同樣平屋一排，待完成入住手續，散閒信步周邊，原來涼邊又是另一墓園，與前一家不同之處在擁有一小排冬青樹權充陰陽分界。此刻時間已晚，一日勞頓，今夜就與墓園為鄰吧，宿民入宿也只一夜，妄談奢求？何況如此芳鄰理應不吵不鬧，安安靜靜，也是好處。

誰知安靜也只是想像。墓園不吵人，自有吵人者。半夜三更，忽聞有尖聲鳴笛巨響傳來，接著是坦克部隊般轟轟然如已奔行至牆外。這美國，開戰了呀？全家俱被吵起，急急開窗探看，黑暗中竟見一長列火車隆隆而來，隆隆而過。原來鐵路竟只距窗口十幾二十米之遙。黃昏入住時還喜見窗外樹林茂密，近窗處一畦小小菜園，土撥鼠正昂然直立偷菜著，誰知鐵路竟被菜園及草樹遮了。火車半夜鳴笛不為了吵人吵鬼，而是驚走鐵軌上眾生，如土撥鼠、野鹿、浣熊等等。

那是我們的白山之夜。此刻我們在我們自己的許多不知名小山丘中尋得我們的魚池之夜，對了，這滿山檳榔之丘區名叫魚池鄉，不識魚池鄉沒關係，全世界都知名尤其是陸客必訪台灣第一勝境日月潭就盛在這個小小魚池裡。我們在這個離日月潭十公里的魚池鄉不知名的檳榔山麓，看到了和日本幾乎一個樣的我們今夜宿處，柔和燈光不多不少的點亮了我們入門之路，我們登堂而入室，一步一雅緻，一步一驚歎，這和白山記憶落差可大了。

宿民卻就是如此忠實履行著遠來目的，肉身無分房子是日式美式，夜來有一方平坦之地安置即可釋放疲苦，滌洗塵勞，恢復活力，我在白山聽得列車如雷也是睡了，我在魚池傍著蛙聲給給果果也是睡了。醒來一見，這魚池之宿處隔窗果真另有一個小小魚池，一夜蛙聲給給果果原來不是夢，倒是比列車溫婉可喜太多。

白山我們由貓頭鷹網站介紹去了早餐之五星首選，吃到了一頓傳奇的三代鬆餅大餐，老舊不堪彷彿風吹就垮的木屋滿滿客人，才知道白山還是很熱鬧的，人都擠到這不起眼小店了。擠不進的發給號碼牌暫時放生於屋外花園，花園簡樸無幾朵花，有匹白馬悠然吃草，草地遠端另有一景，角落上有如墳墓一塚，不會吧？小店屋外築一座墳墓？趨近，竟是一座日日夜夜由咖啡渣倒出來，累積成的有如孤墳的長丘，上頭霸氣插一個紙牌，寫的是：咖啡長眠於此。三代賣早餐鬆餅和咖啡，這咖啡之墳成了另一種形式的驕傲。鬆餅呢？在這裡才知道世間所有的鬆餅皆叫做鬆餅，白山的頂級鬆餅叫做頂級鬆餅，原來可以鬆香甜蜜至此。在那之前，那之後，再別無遇著第二家烤出這樣等級鬆餅。光是看人家為你端上來鬆餅的儀式已昭告了這鬆餅是何其珍貴稀有，你點了兩份，老阿嬤為你端上來卻只一份，何以故？因為同時上兩份難免吃著吃著就涼了，影響風味，吃完一份，自會再上另一份。

魚池鄉魚池之畔的優雅旅店，早餐區牆上鑲著特別大的窗，光是佐以如此奢華窗景，即便給杯水都能喝出咖啡味來，而人家也不含糊，上來了莊園級咖啡，沒有鬆餅，這款地道日式風情吃鬆餅也未免阿咧不搭，美麗的女主人端上來的是九宮格大漆盤，九種菜色各就各位互不侵擾，納豆、豆腐、漬魚、醬瓜……，所盛無非尋常小物，用心真心加輕淺一笑，這早餐絕對也是五顆星。

當旅人心中有了隨興隨意，就得著了自在。白山沒有找到廊橋，卻看到了火車民宿，感受到了暗夜火車把彈簧床搞得都要彈跳起來的趣味；來魚池十百回難得一次居然沒去日月潭，卻逛進了檳榔之森，逛進了隱藏版的台灣富庶，住進了規模比白山之宿十百千倍精緻優雅的台灣之宿，臨離時意猶未盡，徹底再把魚池小街從街頭逛到了街尾，以及每一條叉路，於是咀嚼出了隨緣行走之真滋味，是一種萬般自在的滋味。

亭記

我坐在日暮亭畔，看著對岸瀑布水流，彷彿聽見水聲嘩然，岸遠瀑布也小，其實是聽不到水聲的，我明白這是錯覺。

坐在日暮亭，忽然想到幾個月前才造訪的兼六園船型亭，也想起許多亭子，包括家鄉一座太陽亭。

亭這個字是象形的，上頭一個頂蓋可供遮風避雨擋太陽，下方無論一隻腳或四隻腳或許多腳都是亭，六腳的就叫六角亭，八腳的就叫八角亭⋯⋯。而造字者的原始藍本似乎只是一座單腳的亭，所以亭就寫做亭。

亭令人想到停，人站在亭子邊就是停。或許人們總是行走匆匆，來到亭前，理應停一停，就像此刻的我。

1

記得去兼六園時已是晚秋，飄著微雨。

到訪那個異國之園我是十分興奮的，從青澀少年時代不知在哪裡讀過描述兼六園的文章之後就對她充滿了憧憬，一次次到日本，卻總是無緣一訪，所以站在公園的大門前我只想到終於兩個字。但一旦踏入，卻立刻失落感充滿，踩上的路竟然也只是現代人日日行走的柏油路，冷硬硬提醒我這裡也只是庸俗人間，不可能是想像中雲霞鋪地的夢中仙境。

時節不美，秋楓錯過而冬雪未臨，更遠離春櫻灼灼與夏日翠青蒼蒼。但正因此而旅費特廉，遊人不多倒是增加了幾分靜美。再走幾步發現秋楓其實也沒有錯過，每一片充分變了色的葉子我們都仍能一一欣賞，只是它們不再掛在樹梢而是平鋪於地面，鋪得如錦似繡，密織如毯，重重疊疊。日本楓和北歐北美楓差異性頗大，北歐北美的楓有如當地人之高大魁梧，葉子長得豪邁大器，無論黃色系紅色系、紫色系暗墨咖啡色系，幾乎都比大人的巴掌還大，甚至大過人臉、大過兩個合著張開的手掌。而日本楓葉竟如日本女子般纖纖細細，小如小碟，還有更小如清酒杯口的，一整片葉可以輕易投進一個清酒杯，真是我見猶憐。何以同樣的高緯度，植物形狀差異如此之巨？是小小楓葉的楓造就了日本人的細緻？還是身材相對小了些的日本人浸染出小小葉片的楓樹品系？

滿園盡是萬紫千紅五顏六色的玲瓏小葉，在草地上、小徑上鋪得完美，每一吋地面都如一幅畫家精心描繪的畫作，教人捨不得踩它一腳，越往林深處越覺清涼沁人，兼六園的美反而慢慢升溫回暖。

偶有雨絲飄飄，我和妻各有一傘，隨雨勢啟閉。放眼看去，遊客們大多如此，雨一大，小園瞬間開出朵朵傘花，雨小了傘花即刻消失。這景緻又和北美大不相同了，道地北美人似乎不帶傘的多，下雨、下雪，難得見到幾個撐傘人。他們是輪子上的國家，鑽上車才出門，進到車庫才下車，淋不到雨灑不到雪，傘也就沒有必要了。沒了撐傘人，畫家畫雨景實在被殺掉太多美感。

雨漸大時，正好眼前來到一座亭，是一個石材和木材共構的船型之亭。說是船型得帶著一些想像，大筆寫意一個輪廓，古拙、平板，沒有裝飾，沒有雕刻或對聯，什麼都沒有，連顏色都沒有塗刷而只保留著木頭和石頭的原有色澤的亭。

其實日本的亭、屋、樓、寺、橋、碑、柱……，幾乎大多都是如此。沒有裝飾，沒有顏彩，木頭便是木頭，石頭便是石頭。

或許這亭幾百年來都是如此形狀吧？即使腐朽重建，也是代代因襲舊式，不生不滅，不增不減。

於是這亭便有了看頭，可以讓現代人窺看幾百年前的時空。

整個兼六園皆可窺看昔時樣貌，據說一樣也沒更動過。

最偷懶的不花腦筋去更動，最省工省料的簡潔不彩飾不雕刻，反而成就了她的美，具有歷史厚度和文化底蘊的美，符合美學標準的簡約簡單素樸原真之美。

在古舊的石橋上，在古舊的石階上，在古舊的石牆石塔之下，看蒼松古柏，看一擺就是十年百年從不更換的石燈籠和各種老式建築物，時間就此凍凝，有如琥珀凍住了亙古，有如時光膠囊在眼前啟封。原來最簡單的不去更改不去挪移不去增減，才是高明的裝飾。我們大家一窩蜂去看日本，竟是被這些不裝飾的裝飾唬弄了。

台灣一座公園私園，總都是一直一直被擺布著，東加一個亭西加一堵牆，忽然又見水泥龐然大物迎面出現；近年流行的是光電裝置，一座橋一根路燈都被打扮得五顏六色妖里妖氣，更別提新舊建築一起趕流行搞得燈光閃爍，搞得年年迭創新意。不久前我們赴中部一個知名的高山農場，原本圖的是貪看平地難得一見的高山連峰，無際無涯的大草原，居然連大草原上也架了許多奇奇怪怪的飾物，頓感野趣盡失，遊興蕩然。

我和妻坐在這平板單調的船型亭子裡避雨，想著這些無趣的話題。我們悄聲談話，亭裡另有幾位日本遊客，也悄聲說話，偶而爆出輕巧的笑聲。連笑聲都微細有如樹梢楓葉槭葉之相互撞擊，或許這便是一種教養吧，長期被細緻小巧的楓葉教化而來。

兼六園其實佔地委實不小，我們其實也認真的貪心的走了好長一段路，或許只走了五分之一或六分之一。但這又何妨？我知道我們終將有機會再陸續補上足跡來此再踩踩庸俗的柏油路以續未竟之美的因緣。看一下手機，約定的會合時間已近，於是步出小亭，形式上下了小船，走上不知何時已停了雨的蜿蜒園道。

2

大致說來，遊賞栗林公園是頗為風雅快意的，但其中一座日暮亭，卻引起我幾分惆悵，這是一座權貴與貧民強烈對比之亭。

擁有四百年歷史的栗林公園，號稱與兼六園、偕六園並稱日本三大名園。栗林公園最傲人者乃園內成群老松，歷經長時期修剪整理，株株姿態優雅動人，身價非凡。而園內許多名勝景點也都各有可觀可賞，是值得耗費一整天細細瀏覽品味的地方。

栗林公園起建於十六世紀末葉，原為當地富豪佐藤氏之私人別墅，其後由古岐國領主生駒高俊擴建，再經多次易主而陸續增建形成今日規模，但直到一八七五年才開放成為一般民眾可以進入遊賞的名園。一九五三年更進一步獲日本政府指定為國家特別名勝，成為三大名園之一，也是米其林綠色指南三星級景點。雖然多次擴建增修，基本上維持著江戶時期的風情。

日暮亭在栗林公園裡共有兩座，教我分外有感的這一座建於一七〇〇年代，是第一座日暮亭，後來又於一八九八年間在大約全園中心位置一帶又建一座日暮亭，第一座日暮亭因而又叫做舊日暮亭。

舊日暮亭位於一條潺潺小溪之畔，小溪的對岸是一座高大的山壁，有瀑布自山壁上方流洩而下，由於有山有水有瀑布，亭屋雖小，亭區也顯得狹隘，景觀卻比後來再建的新日暮亭還要幽雅許多。

亭為茅屋形式，裡頭隔成五個小空間當茶室，因此最多可以同時接待五組小小的團體客人。依我估計，或許十到十五人進來就滿了。竹籬笆內小園布局雅緻，還有小小的水道流經庭園。

在外頭，另以竹籬稍做隔離，以區隔栗林公園遊園人潮。

栗林公園原來確實是栗子樹蔚然成林之地，只因古代藩主將此視為狩獵野鴨的獵場，為了打獵方便而將栗樹悉數砍除，在後來變成以遊賞為主要發展方向後改種松樹，目前全園松樹估計逾一千三百株。遊客列為必賞者首推鶴龜松，由一百一十塊石塊堆成龜形假山，龜背上植一巨松有如鶴之展翼，龜鶴皆為長壽象徵，因此受盡歡迎。另外還有一八三三年德川第十一代將軍賜贈盆栽五葉松改植成樹的露根五葉松、九十年前英國王室成員愛德華八世（當時仍是皇太子身分）手植的紀念松、南側樹形較低的箱松、北側樹形高大的屏風松也都是遊人聚焦的名松。

除了古松，公園內還有許多知名建築，贊岐民藝館、工商獎勵館建築皆清雅不俗。幾座規模各有大小的建築物如日暮亭、舊日暮亭、掬月亭，各有不同風情，有的臨水而築，有的建於假山一隅，沿著步道尋訪，處處教人驚豔。

坐在舊日暮亭的小小亭屋，觀看瀑布水流，抬頭望見山壁滿滿綠意，實乃人間美景。但是，所謂的美景，一問才知竟有一段來歷，原來瀑布是一座人工之瀑，水是靠馬達抽上去的，每天公園開門之後讓水嘩然奔流而下，客人散去公園關閉後瀑布也停止供水。在啟用馬達抽水之前，則完全仰賴人工造瀑。

當年的大官名流雅聚日暮亭，嫌風景平凡無奇，遂由園主號召貧民人家以水桶挑水，遠道攀爬跋涉到山壁之後側，當有貴客遊園，便一桶桶將水傾入上方的河溝，形成瀑布景觀。

這樣的故事教我心驚，客人流連多久，瀑布便得持續倒水多久，這要多少桶水啊！而貧苦人家努力挑水倒水只為搏得權貴一笑，以換來一點米糧犒賞，聽得我都心酸起來，抬頭再看瀑布，美景頓時失了顏色。

3

想起桃園虎頭山上的太陽亭。

虎頭山建公園大約是民國五十年代中葉之事，我的初中高中都在虎頭山下就讀，初中學號「9」字頭，高中「2」字頭，代表民國49年和52年入學。當時虎頭山仍是原汁原味的雜草荒山，山上許多彎彎曲曲約有成人肩膀高的戰壕，還有縱橫密布像是把山都挖空了的地下道。初中的三年我常常跟著同學由班上的留級生帶隊利用中午休息時間去探洞，舉著以媒油、布條塞進竹竿做成的火把，一人挨著一人在黑漆漆的洞裡游走。洞裡頭許多岔道，誰也不知通往哪裡，如果沒跟緊迷了路麻煩就大了。

建公園時這些山洞和壕溝都被怪手摧毀，如今遺跡不存，我們這一代參與探洞的人也逐漸老去而無人傳述記憶，實在可惜。

太陽亭是公園始建時的第一批建築，附近另有一組以多座相同造型形成一個小建築群的雨傘亭。我只知太陽亭一直保留到今天，雨傘亭還在不在倒是沒注意。

記得特別深情的原因是我和妻戀愛時就在太陽亭下約會，我們拍了幾張照片當做定情紀念，使用的是借來的四方形大底片老式相機。那時我大約十九歲，妻小我五歲，哇！十九減五是十四，忘了那時怎麼膽敢約十四歲的小女孩上山談戀愛啊？

太陽亭雖是五十歲的老亭子，以今天眼光來看依然覺得十分具有現代感。它以重重疊疊幾個圓形環為亭頂的主架構，充滿了上下交錯的美，做為亭的頂蓋的其實也只是大型的環，刻意保留約一半為板型，另一半則為一根根的樑型，顯得活潑同時也突出了太陽的意象。

太陽亭的位置約是整座公園之高點，視野寬闊，遊人爬到這裡已是氣喘如牛，正好有個大大的亭可供小憩。亭下環型座位，同時坐個五十個人也沒問題。

我不知這太陽亭設計出自何人之手，卻對之十分痴愛。看遍許多名亭如湖南的愛晚亭、安大略湖上鎮的湖濱亭、菲律賓卡瓦哈甘島的椰葉發呆亭、阿卡迪亞的少女之霧四角亭，還有栗林公園的舊日暮亭、兼六園的石船之亭……。不知是基於太陽亭是我和妻的定情之亭？還是此亭真有如此之魅力，她一直是我心目中的眾亭之最。

五十年前陪我上太陽亭的十四歲清純少女，陪我看過無數的亭，如今相與並肩，日暮亭畔小小一停，從太陽的日初升到如今的日將暮，執子之手，感受到的溫度倒也依然溫馨如昔。

二十一天的生命孕育

二十一天，上班族渡過了三次的週休假期。

二十一天，基督徒做了三次禮拜。

二十一天，地球自轉二十一次，日升日落二十一回。

母雞小小的腦袋中不知有沒有數目字？二十一天一滿，小雞就要破殼了。

總是懷疑母雞不懂算數，因為一窩小雞偷偷抓走其半，牠似乎也渾然不覺。

母雞孵蛋時不吃不喝，身體一直輕柔的罩覆在一窩蛋上，頂多打打盹，卻睡得淺眠，風吹草動立刻睜眼。

偶而看到母雞離了巢，也只是隨便走走，啄啄地找找有什麼能吃的、喝幾口水，補充一下體力就立刻回來。

只有在此時才能趁機數數這一窩共有幾顆蛋。母雞在巢時任何人都休想靠近，一靠近肯定會被狠狠啄上幾下，力道大得讓你的手烏青好幾天。

啊！這一窩一共竟有十二顆呀！十二顆是大窩了，少時五顆六顆，更少時只兩顆牠也孵。認真認分，無分多寡，乖乖的孵。

十二顆蛋也未必孵得出十二隻小雞。小雞除了依賴母雞認真孵，還有凡人難以了解的天命。母雞以牠的體溫溫著蛋，該翻滾時小心把蛋翻滾一下，讓蛋均勻受熱。孵著孵著，到了某一個時刻，牠會忽然將若干粒蛋推離窩巢。失溫的蛋豈不夭折？主人因而趕快把蛋塞回去，卻沒多久又被推出。試著將被推出來的蛋畫了記號推回去，還故意弄亂它，結果仍然準確的被推出來。母雞和蛋裡頭的小雞心連著心，母雞知道那幾個小孩在蛋殼裡頭活得很健康，那幾個不行了，孵不出來啦，牠必須即時將之移出，讓這幾個壞掉的蛋不再佔去空間分享了牠的體溫。

為什麼有的蛋能存活，有的蛋不能？吾人難解，母雞或許也不知原因，卻能分辨。健康的蛋，蛋殼頗有厚度也有相當的硬度，卻傳達得出裡頭的訊息。再孵到了某一個階段，蛋殼中有細細聲音傳出，母雞與之呼應，似在告知不要急，時間到了自會出來。而蛋裡頭竟有空間足以讓小雞發出聲音，這也真太奇妙。

二十一天過去，小雞準時破殼。

只是母雞常會一面孵蛋一面還繼續生蛋，所以牠孵二十一天蛋，其中一定有不足二十一天的，不足二十一天孵化期竟然也能即時趕上哥哥姐姐而同時破殼，這也是另一種奇妙。但也有慢太多的，母雞要一面孵蛋一面顧著新生小雞吃的喝的，一根蠟燭兩頭燒，忙裡忙外辛苦加倍。

小雞破殼過程很是艱辛，蛋殼很硬，相對的殼裡頭還沒見著陽光的小雞嘴巴硬度還不夠強壯，用那樣半軟半硬的嘴尖去啄破蛋殼真是大工程。有些啄幾下便暫停片刻才繼續，應是啄累了稍事休息。有些努力啄，眼看就要掙出蛋殼來，卻在最後一刻夭亡，幸好奮力破殼而出的總是多數，牠們拚過了生存第一場考驗。

母雞育雛辛苦，看似公雞佔盡便宜，其實公雞也有盡責的一面。當母雞準備下蛋時，公雞也感受到了，努力協助尋找合適又安全之地讓牠安心生蛋，雞沒有好用的雙手能將蛋搬移他處，蛋下在那裡，那裡便是孵蛋之地，因此尋找一個好位置也是一件重要的事。

母雞下了蛋，咯咯咯開心啼叫，公雞也跟在一旁跟著應和慶祝一番，所謂鸞鳳和鳴形容的或許便是此刻情境。母雞孵蛋時公雞看來無所事事，卻也不會遠離，而是待在附近負警戒之責，有時有野狗野貓或是蛇類趨近，便即時啼叫示警。公雞膽子似乎遠比母雞小，平時趾高氣揚好不威風，野狗野貓來了常是第一個落跑的，不像母雞拚死也要捍衛小雞。但公雞長相總是威武，啼叫也雄壯，至少給了母雞一點壯膽作用。

我們家不是一公一母制的雞家庭。初來時確實也只一公一母，雞的繁殖力驚人，未幾就整個小園雞滿為患。

雞的社會與人不同，一家子聚在一起永遠分不出彼此親子關係、血緣關係、輩分關係，繁殖畢竟才是第一要務，也是弱勢野性動物常見而且必要的家庭制度。養雞必須適時補進一些外來的基因，否則就會因近親繁殖太甚而讓族群迅速弱化。

既是繁殖為第一要務，一個園子裡便整天老是見著公雞追著母雞跑，母雞被追得滿場飛、滿場躲。但其實眾多公雞中，母雞私下也會偏愛其中某一隻而不逃不躲，乖順接受求愛，這是玄妙的雞之愛情故事。

母雞要下蛋，如果是有許多公雞的大家庭聲勢更形浩大，成群協助尋找合適之地，上上下下到處飛飛跳跳，下完蛋更是集體大合唱，一唱百諾，不亦樂乎。似乎這等壯觀排場，母雞也下得更加驕傲了。

有許多公雞的大家庭任何一隻母雞要孵蛋也一樣必有諸多捍衛者，而其中始終形影不離不棄者唯有其中某一隻公雞。這也奇怪，一窩雞蛋牠能知道其中有幾個是自己的孩子嗎？常見這公雞日夜探視，呵護有加，人間情義也不過如此。其他公雞曾搶過多少回牠的母雞皆牠所親見，卻完全不計前仇更不嫌怨，這一點肯定人不如雞太多。人間的愛是百分百佔有性的愛，雞們的愛是無私廣博的愛。

養雞總求有所獲，養肉雞的圖養大了賣了宰了，養蛋雞的圖牠天天下蛋，或兩者兼得。為了易於管理，養雞多半將之養在一個籠裡，或一個半露天上了屋簷的棚子裡，雞們好養，給牠飼料便成。給飼料和飲水早已有各種方便器材可以直接買了來，器材設計得很是巧思，一大桶水可以隨飲用之量徐徐注下源源供應，一大桶的飼料也一樣，吃掉多少漏下多少。農家養雞多半隨意養養，給牠飼料也給牠廚餘及剩飯剩菜，養著養著雞就大了，有蛋可撿了。雞要傳下一代也不勞費心，牠們自會料理一切細節。

我們在養雞這件事上圖的不是食其肉，而是賞其美。緣由是朋友送的據說是日本種的雞，羽色華麗而個子矮小，有人打趣說這樣小個子的雞殺了十隻八隻也只夠燉一個小鍋。

關籠裡失了觀賞的目的，因而將之半野放，半野放是自添的麻煩，雞是鳥類，鳥為求體重輕盈以利飛行，必須隨時排泄，雞也如此，於是前園後院無不雞屎遍地，真是掃不勝掃。

雞保持了夜宿樹上的習慣，除了正在孵蛋的雞，其他都喜歡棲息於樹叢高枝。雞是夜盲之物，天將黑就會趕緊找到各自的床位，強勢的搶好位置，弱勢的退而求其次，有些強弱位階尚待定義，因而搶得好不激烈，總是爭到羽毛紛飛漫空散落，肥笨而不善飛行的身軀摔了又上、上了又摔，搶位置絕不比人間平和。

說雞之不善飛行倒也未必事實，有一回因為鄰家縱狗亂竄，狗是雞最大的天敵，見了雞非一一咬死不可，雞一見狗來，竟然凌空飛掠我家門前小小湖而直達後院樹叢，或許這一個飛行距離遠達一百公尺，大大開了我們的眼界，這才知道雞只因被人豢養而變懶了，越是處遇優渥越失其本能，我們家是半野放的半野雞，多少留有幾分野性，那些成天被養在雞舍裡的雞之貴族，不說遠飛，或許連走跳幾下都無力。

為了怕雞們繁殖太甚，我們必須時時撿拾其蛋防著牠孵。撿蛋是有密訣的，一定要在撿蛋的位置留下一顆，而不能完全撿光光。雞如果發現下蛋的地方仍有一顆蛋便安心在原地繼續再下蛋，如果發現蛋不見了便另覓生蛋的地方而去。早先我們不知這個規矩，悉數將蛋撿走，害牠天天要尋找新的下蛋地方找得好不辛苦。然而雞若有心防著人撿蛋，用心之機巧往往人所不及。我們曾在各種匪夷所思之地發現了牠們的蛋，最恐怖的是一段時間之後常會有一堆漏網之蛋變成了一群小雞。

二十一天的孵化期究竟是怎麼定出來的？我們養雞十年，始終無法破解這個謎。只知一旦確知母雞開始窩在窩裡孵蛋，二十一天之後必有小雞啁啾。

初生小雞一如其他初生小雛物，總是萬分可愛，每次見著母雞又帶回來一窩小雞，也只好欣然接受。

見著毛茸茸圓滾滾的小雞，想著奇妙的二十一天的神奇。當二十一天過去，小雞是如何被喚醒的？在密閉蛋殼中又是如何敲起第一啄？當牠見著殼被突破的剎那，有陽光自外面透進來，是驚奇？害怕？還是喜悅？

生命的考驗無處不在，小雞啄蛋殼是其一例。小園中每當初夏時節，連夜便會有泥土中奮力鑽出來的蟬之即齡幼蟲，攀上有生以來從未攀過的樹幹，牢牢抓緊樹皮，然後奮力掙破背上的殼，讓全身肢體從破裂的隙縫掙扎而出，這樣的過程每次教我看得好生感動。而其實許多動物都得受此之苦，蠶寶寶一生褪四次皮，最後尚且吐絲結繭困住自己、而後再破繭而出，螃蟹、龍蝦也都要換殼多次。我們家被孩子們說是「阿公的寵物」的蜘蛛，居然也會褪殼，有一回大家發現了一隻大蜘蛛，驚呼「阿公你的寵物死了」，仔細一看竟只是一張完整褪下的殼。那麼細緻的每一隻腳都完整褪留下來，神奇得大家驚呆。其實那哪是我的寵物？只是要求大家別將其撲殺而已。

分明顆顆都可以孵出小雞的蛋，我們趁鮮將之撿了，湊到一定的量將之煮了，說來也是殘忍。難怪母雞總會防著我們撿蛋，連公雞也會群起高吭啼叫表達抗議。

其實以雞而言，小園的雞算得上是一群幸福的雞，因為永無刀俎之驚，而我們提供的家園大致也算安全。十年來只有野狗二次入侵幾乎造成全族殲滅，埋雞屍埋到手軟，兼也偶有長蟲侵入雞舍偷蛋，雞被弄醒，卻因夜盲不知驚懼，只發出一句被騷擾的不悅，大大驚駭的反而是我們。此外這個環境基本可供安居，寬敞的草皮從不施藥，可供自在啄食小蟲，閒來追逐嬉鬧，快樂無比。牠們的蛋好吃，印證了快樂的母雞才有快樂的蛋的定律。

說牠們的蛋好吃是經過認證的。一位閱歷豐富的老友一嚐驚為天下美味，再訪竟不為一會老友而是懷念一顆美好的蛋。另一位農政單位出身的友人，號稱嘗遍全台各雞場好蛋，來了只初嘗一口，當場奉為全台名品，連稱「從沒吃過如此香氣飽滿的蛋」。至於我們，日日品嘗而不膩，遇有家人生日，援例是煮了一堆雞蛋在壽星額頭上敲碎以茲祝福，有了自家生產之蛋，生日竟是疼痛感加了幾級，因為這蛋遠比市場買來的硬太多，拿來敲在額上，壽星額頭無一不被敲得紅通通。

啊，今天是第二十一天了嗎？

一隻機靈的母雞居然躲到一棵仙人掌盆栽裡下了蛋，若非有一天拿了水管前往這個鮮少涉足的角落澆水，是絕不可能發現的。當下只見牠被澆得一頭呆樣，卻只是甩掉一身水珠便奮力繼續再孵。就在今天牠圓滿了功德，一隻小小雞在牠胸前鑽出了頭。

這是一窩一共十二個蛋的大陣仗，究竟將孵出幾隻小雞目前仍不得而知。且容我先道一聲；小雞生日快樂，母雞妳辛苦了！

輪上低能兒的多輪震撼

簡單兩輪組構成孔明車，儘管跌跌撞撞甚至摔得鼻青眼腫，每個孩子也都十歲八歲就會了，我卻直搞到初中畢業要升高一前的那個暑假，才在小兩歲的弟弟連哄帶騙下學會。

我是輪上弱智兼低能者，學機車學開車也都一路遲緩。機車犁田多次，汽車眾目睽睽之下好幾回表演路中央熄火。一生之最強莫過當兵當了個裝假兵……寫錯了，裝甲兵。二十二個鋼鐵巨輪在指掌中啟動，我心砰砰跳動的聲音想必壓過一路引擎聲轟隆隆，繞行好大一圈訓練場直到返回出發點，腦中還是一片慘白，裝假兵不是假的。

從兩輪到四輪到二十二輪，再升級唯有火車了。無論她叫自強號莒光號普悠瑪或是捷運高鐵，看來都是一個樣子，統統都是很多輪子的軌道車，我也喜歡統稱它們叫做火車。我常在演講中勸人別當火車而要當一匹馬，火車絕非聰明，一生只限軌上奔馳，路坍了橋斷了就只能停下來乾瞪一雙傻眼。人生的路則非常寬廣，路斷橋崩，拐個彎爬個坡一樣到得了。人生要如縱橫草原之馬，不要學火車之愚頑畢生受限於軌。說是說得頭頭是道，見了數不清輪子的火車，望之還是生出無比敬畏心。

敬畏之餘，也深感搭多輪之車遠比自己駕馭任何種車身心安適自在太多，軌上通行總是相對平穩舒適，空間寬敞，有時享受到的且是一小時移動自己平凡肉身達三百公里的疾行如飛，恍神冥想自己乘坐的是一團觔斗雲，真乃人間痛快事。

終於我們來了，多輪之行，一路興高采烈。

坐火車逛夜市多離奇，生活正軌中我鮮少和砂子小姐攜手逛夜市，我不是不能吃夜市的人，我還曾經在一個夜市裡輪番由第一攤吃到最後一攤，一夜一攤逐攤光顧，吃完再回頭重新輪起，昔時職場生涯必須守夜的日子，午餐三明治加牛奶可以打發，晚餐就夜夜往那夜之市報到。老來人生的平常日子裡除了陪兒陪孫偶而逛進去，夜市已非我和老妻的休閒選項。卻因火車載了我們環島列有一場在台南花園夜市自行覓食的活動，於是去了。天氣太熱，天才的麵攤老闆居然端了一大盆碎冰塊擺在我們桌下幫忙降溫，這是溫暖氣候蒸騰出來的台南人特有的溫馨。

依著預約時自己圈選的行程走，沒有表列於行程的許多地方不同的司機大哥也同樣都樂於隨心奉送，於是看到了一座拆掉幾十年而復刻完成沒多久的神社，看到了矮化處理過的各種果園果樹，看到成群鴕鳥懶洋洋擠在樹蔭下打瞌睡，看到了鳳梨釋迦的祖爺爺原種之本尊，看到了老舊無比格局規模卻毫不遜色於西部台灣的日治時代校長宿舍和日式老建築群，看到了所謂台東奇蹟：出了火車站密集如麻少說幾百家的「全台灣密度最高民宿大街」……，雖都是在地平常風景，卻也是外地人的意外驚喜驚奇，換成自己開車來，殊無可能對東台灣爬梳得這麼細密吧。

郵輪載了我們去了之後想永遠賴著不走的地方。又講錯了，不是郵輪，而是類似郵輪觀光之旅的多輪車環島。我們刪掉諸如台南老城區等平常可去之地，好讓非凡之處可以賴得更久些。例如曾經去過許多回奇美博物館，團體行程總只給個一小時兩小時，進一個展廳都不夠，這一回可樂充滿，近午就進了門，一直逛到下午快要六點了才走，午餐呢？待在那麼個美麗集中營裡頭不吃都可以，吃什麼也都能開心，何況館內餐食實在也辦得不錯。

賴了五個多小時還是只看了兩個展廳，卻已教我備感難得。一米之距定定站在一幅耶穌被兵士嘲弄的油畫前，看那些嘲弄者的嘴臉，看耶穌的吞忍和無奈，看著看著竟不覺淚流滿腮，倘若走馬匆匆，豈能看得如此感動我心？

假使能住在這個博物館裡一個月兩個月該有多好。

外出而能睡在二十三年前睡過的床，未免也是不可思議。在知本我們住進了櫃台背牆鑲著五顆金星的老字號飯店，知本來過許多次，住過許多飯店，唯獨這一家忽忽竟已睽違二十三年。

怎麼記得這麼清楚呢？因為當年帶了一個奶娃同行，一歲奶娃當時叼個奶嘴，而今已經二十四歲了。飯店的豪華、貴氣、貼心待客細節歷歷皆如昨日，當時的我為之驚歎驚喜驚訝也仍舊印象鮮活，而難忘中之最難忘的，竟就是一個奶嘴。那晚我們在露天湯池泡了個以潔白肉身獻祭明月之湯，興盡慵懶懶踩著月色和燈影行走斜坡小路準備回房，突然小娃叼著的奶嘴從嘴上一個滑溜。不偏不巧，直接滑落小徑旁的駁崁草叢裡了。

那草叢啊，夜色中只見茂密有如當年學騎孔明車墜落之路旁雜草叢林，當年被刺波刺得渾身有如遭到刺蝟擁抱之慘狀教我至今不敢亂闖駁崁下的草叢，這下問題可大，小娃難得離開雙親被我們帶到如此遠地，奶嘴是帖非常重要的安慰劑，奶嘴隱入叢草林如果找不回來，只怕天王老子也哄不下，還能請他娘連夜專機飛了來哄？

飯店遠離市區，服務生飛車幫我們下山買奶嘴，買回來的卻「不合嘴」而哄不了小娃，這下怎麼辦是好呢？

服務生回頭提來了強力手電筒，驚險萬分緩步滑降駁崁，連摸帶翻，徹徹底底尋了個仔細，最後終於真給他摸到了！洗淨入嘴，小娃頓時破涕為笑。那一夜若非這位服務生提供了超越五星級多多的特別服務，只怕我和妻都要一夜折騰得無以成眠了

二十三年後火車嗆嗆嗆嗆慢慢行走帶我們重回老地方，櫃檯裡少爺小姐們自然無人記得昔年曾有過這段往事，放眼只覺飯店依然，達悟拼板舟仍站立在接待大廳以萬分負責的標準姿勢迎迓貴客，環顧原汁原味的木雕和彩飾、門廳和地板、草亭和裝置，一切都彷彿未有改變，卻因自己已歷四分之一世紀之滄桑，審視中帶著太多市儈眼光而竟突然一念：這五星其實也不過如此排場啊，怎昔年乍見時驚訝佩服至此地步？幸好這念頭一閃即逝，未影響我太多，回神一切依然滿意，一夜睡得香甜，甜蜜感也依然，倒不知所睡是否同一張床。

包括新北、桃園、新竹、苗栗諸縣市在內的西北石滬群，或許存在已三百年以

上。三百年是何其漫長的歲月。

今天，火車加汽車嗆嗆嗆載著我和妻來到台東，看到了卑南遺址。遺址長年封存在塵土大地之下，興建南迴鐵路的台東車站施工時被挖掘出土。雖僅小面積挖掘，卻有了嚇壞今人的發現，兩千五百至五千五百年前先民能把堅硬的玉石琢磨得多采多姿而又精緻無比；僅剩基礎的房屋依使用機能井然有序築造出睡房、廚房、臥室、倉儲……，讓人足可遙想當年斯民在此居家，舂米、炊食、相談、睡眠。在廚房一個低窪的位置，水流痕跡依稀尚存，用了不同於現地所產的岩材，隔出一個低矮的小小牆。

這矮牆何用？當河水或海水漲起，水來時魚群也順水洄游而來；而後水退，水自小牆孔隙流走，魚群中的小魚跟著游走，較大者則被留下，成為餐桌上的美食。

水位何以高漲、低落？若非海之潮汐，則為河海之間之潮間帶。顯示這屋臨海或臨著潮間帶之河段，這房子裡頭竟有了石滬概念的微石滬之存在！這何其驚人，原來台灣石滬歷史不是三百年，而是兩千五百或五千五百年，真大大改寫了我的認知。

以四輪前來台東無數次，發現台東真是遙遠無比之地，來一趟台東行程艱鉅，因而總是充分功能與現實仔細精選縝慎排定到訪之地，怎可能千里迢迢去看遺址？而今幾百個輪子的火車悠悠晃晃帶我們前來，行程既經排定，不敢不跟著走，跟著走竟有處處驚奇，真乃大大收穫了。卑南遺址是其一，台南日治時代原自來水廠也是其一，許多行程都是。辛苦爬上一百八十階看到的自來水廠真乃教我驚歎，原來台灣百年前就領先亞洲諸國率先擁有自來水這樣的文明東西啊。

一路憑窗望見山海壯闊，阡陌多色，村落恬靜，田園富饒，在又一次為時稍久的停駐時，我們行程已近尾聲，放空大腦享受的旅程就要結束，竟真有如搭了一趟十萬噸豪華遊輪。

一列火車究竟有幾個輪子？這問題學問非常大，只能說肯定比坦克的二十二個輪子多上非常多，車上聲音也遠比坦克輕柔非常多，開心坐上去便好，就不必傷腦筋去細數輪子幾個了。

石滬故事五千年

我對石滬文化興緻頗高，二〇一九年夏意外前往參觀台東卑南遺址，驚見遺址中有砌石圍捕魚類的遺跡，這是石滬的基本構成形式，真沒想到兩千三百年到五千五百年前的台灣老祖先已擁有了石滬捕魚的觀念及做法。

1

卑南遺址位於台灣東南部，我們稍早到她的對角線的台灣西北角，一個叫做麟山鼻的地方露營，這營地位於一處半島狀的岬角高地，展望壯闊，位置隱密，露營其中有如隱於世外桃源。有別於我們其他各場次的露營，這是一場露營趴，是女兒抽獎抽到的，完全免費，營地免費、豐盛的晚餐和早餐也免費，主辦單位還安排許多有趣的活動招待營友，真是太貼心了。

營位設備完美，因為到時有點毛毛雨，我們獲得安排紮營在半面有牆也有屋頂的半室內空間，牆上鑲有超大型的玻璃窗，壯麗海景嵌在窗上有如一幅幅兩百號的巨大畫作，賞心悅目至極。

從營地眺望，不遠處有一個更高一點的台地正無聲誘我登臨，紮好營我迫不及待踩過大大草坪朝高地而去，一走上去始知這裡視野更好，這是整座半島的最尖端位置，三個面都和周邊落差百公尺以上，可以一眼看到遠方往返巨輪和許多忙碌的漁舟。

然後，在俯瞰時，看到斷崖下的石滬，大約有三或四口。此時正逢退潮，石滬的砌石非常明顯，其中一口周邊完整，滬堤朝著岸呈現出一個完整的半圓。另外幾口則有些崩圮了，最右側那口則只剩殘跡依稀可辨。

2

石滬和我結緣匪淺，這是我的前半段人生從未有過的想像。

我去許多次澎湖，也產生了根深柢固的印象：石滬是澎湖所獨有的地景，許多澎湖漁家仰賴石滬捕魚，更多的遊客則逐滬而去，歎為澎湖最具代表性之美景。澎湖的石滬往往高達五米，壯如海上長城，並以造型堆疊出觀光客追求和嚮往的浪漫，這還真是巧合啊，先民築滬，那能預知什麼雙心滬會是二十一世紀戀人最是熾熱紅火的愛之圖騰？

而後，在意外的機緣下我突然望見石滬在台灣本島的蹤影，更離奇的是我的家鄉便有石滬，而且還在「現役」，持續被使用中。

那天為社區朋友們上解說訓練，課程已進行到第三週，很快便要進行第一場實習，我徵求伙伴們提出家鄉可供推介的亮點，他們多是世代長居於此的在地人，一位女士舉了手：老師，石滬算不算值得推介的東西？

石滬？我大大驚奇，我是外地來的，大大驚奇之下當場分組分工，著手進行「家鄉石滬」田野調查，幾個月之後，十公里海岸線每一口石滬長度、高度、保存現狀、滬主身分……，無一不被摸個一清二楚。我託大家之福撿了一個大大的便宜，我愛海濱散步，往後再往海濱，除了一樣擁有陸上滿滿綠意防風林、海上洶洶如訴的潮聲沿途相伴，更增加了觀賞石滬這一項。說也有趣，海上隨潮汐忽而沉沒忽而浮現的幾堵石牆之滬，從無知到了解，感情就此更加注入，之後再看便看得分外有感了。

桃園新屋海岸的石滬以卵石砌築，高僅一公尺到一公尺半，有別於澎湖之硓砧石及玄武岩石材之易於堆疊，澎湖之滬可以砌得兩個人高。新屋石滬共有十口，其中兩口迄今依然承續著協助主人攔魚捕魚的光榮使命，這是二〇一二年在地社團那一次踏勘的紀錄所載，但在二〇一七年文化部文化資產局的另一項普查則記稱新屋石滬共有二十二口之多，這樣的數目和密度教我更是大為驚喜，原來新屋也是石滬之鄉，石滬並非澎湖所特有啊。澎湖石滬總數是一百零九口，澎湖為海中島群，當石滬大縣是理所當然的。

然而，當我站在麟山鼻這個高台俯視腳下石滬，情不自禁想起石滬和台灣本島的故事，台灣本島絕不可能只桃園的新屋才有石滬，淡水古名滬尾，據說意思便是最尾端的一口石滬，那麼，在新北這個海岸線綿長之美麗都會，哪一口才是滬頭呢？是從我腳下這幾口算起嗎？

文化部的紀錄，新北的石滬從沙崙、屯山、賢孝、興仁、崁頂迤邐而下直到淡海新市鎮，石滬有如壯麗的海岸珍珠長鍊，總數居然高達六十一口之多，而這還不包括沙崙以北未被調查者，我眼前的麟山鼻石滬群便未列名其內，有如漏網之滬。這大大顛覆了我的認知，還以為新屋是本島石滬最密集也最多的地方，原來新北西海岸才是台灣海岸線石滬之最！

3

麟山鼻岬角觀滬有如置身澎湖，因為是站在高處看，可以俯視一座座石滬的全貌。新屋和擁有零星石滬群的新竹、苗栗及台中海岸都一樣，海邊沒有高地，看石滬的視角幾近水平，這是不一樣的畫面。我常異想天開盼望新屋海岸能築個高高的塔樓來讓遊客欣賞石滬之美，現在來到了麟山鼻，在台灣就可以看到有如澎湖的石滬俯視景觀，新屋建塔其實也不必了。

我看石滬看得有心情也有感情。究竟何人築起台灣第一口石滬呢？據說是平埔族道卡斯先民，後來才輾轉由漢移民接手。但台澎兩地隔著汪洋大海，何者先築？何者後築？兩地先民築滬可有交流過技法？

築石滬難度絕對不低，背後的學問也絕對不凡。我曾親見朋友們為了學習石滬工法，大太陽下挑石頭學習築石滬，在行動之前已先向耆老學習請益，依著所學按部就班進行。試著築出來的縮小版石滬滬堤高僅一公尺許，長度也才三、四公尺，已經搞得人仰馬翻，個個疲累萬分。結果呢？第二天再到海邊觀看，僅止一晝夜兩番平常潮汐，整個新砌成的滬堤竟已完全沖垮、沖散。

老祖宗手築而代代傳承到今天的骨董級老石滬，咸信至少已有三百年歷史。這三百年歲月歷經不知多少颱風、地震等天災考驗，竟能屹立迄今，能不佩服？

築石滬不是為了給觀光客參觀，不是築得美美的讓人拍照打卡的，築石滬唯一用途是要用來捕魚，捕魚為的是養家活口，築不好就抓不到魚，家人就要餓肚子，賣魚也賣不成，這是關係一家生計的嚴肅的事。一口石滬得動員多少人力參與，「主事者」是如何定位建築基地？座落方向？滬堤高度？基地地質、石材取得、滬堤工法，還牽涉到洋流、風向、魚群洄游路線、攔阻魚群的有效性等等……，這些是數學，也是自然科學，三百年前老祖先的智慧真是讓人歎為觀止。

在麟山鼻所見和平時在桃園的新屋觀看石滬皆充滿了人文之美與智慧之美，海中時隱時現的石滬群，無論漲潮退潮、陰晴雲雨，同樣也都各有風情，正所謂風有風景，雨有雨景。在新屋有時碰到天邊火燒雲燃起，漫天火紅從大海一直燒到天頂，露在海平面波濤之上的滬堤成了與天光雲影交集的剪影，美得讓人只想讚嘆。

傍晚麟山鼻微雨已停，一片風和日麗，海面顏色逐漸深濃，晚餐時刻已近，我被呼喚回營和家人會合後一起前往餐廳，石滬也漸漸要隱沒於迷濛暮色了。

卑南遺址公園發掘並展出的遺跡包括有住宅群，及廚房、穀倉、家族聚集處等等空間，吾人得以從出土基礎臆想先民昔時生活情形，有趣的是在住宅區中最低下位置，以板岩砌築成矮牆，漲潮時讓水可自然流入，魚群跟進，退潮時水自隙縫流走，魚就被留下來了。

卑南遺址位於台東卑南山東南端的山麓，是屬於台灣東部之新石器時代代表性遺址。目前挖掘展示的家屋基地推測位於卑南大溪畔，若只是臨溪而非臨海，石滬漁法就難有水漲水退的機會，設置石滬便失去了意義，或者早年卑南大溪這個位置距海不遠，形成潮間帶，溪水的水位會隨潮汐之漲潮退潮而高漲及低落，捕魚就可以大有收穫了。我去參觀時一位幫我們解說的老師甚至推斷數千年前這裡不是臨卑南大溪，而是直接臨著太平洋，那漁穫自然又是大有不同。

遺址地基中除了石滬設置，他如穀倉等重要設置也都以板岩構築。可是卑南地區沒有板岩，板岩似應取自中央山脈，往昔這是漫長而難行的一段路，先民建立家園之艱辛不難想見，有些運送方式如今也頗難揣測了。

卑南遺址估計面積超過三十萬平方公尺，是目前台灣所發現最大的史前聚落。從遺址中出土許多石板棺以及棺內精美的陪葬品，是環太平洋與東南亞地區規模最大的石板棺墓葬群遺址。說起它的發現似乎還帶著一點淒美，日本人曾是最早發現及調查者，但台灣光復之後直到一九八〇年，南迴鐵路工程計畫要在這裡興建卑南車站（即今台東火車站），開工後才重又發現地下埋藏大量史前遺物。隨著工程推進，遺址受到嚴重破壞，輿論為之嘩然，台東縣政府遂委託台灣大學考古人類學系專家學者前來考古。前後歷經九年，一共十三梯次採掘，無論是發掘面積、出土石棺及遺物數量皆是台灣考古史的空前紀錄，尤其是大量精美玉器重現於世更是令人驚豔。先民的文化、美感與生活智慧在此展現無遺。

卑南遺址迄今只挖掘少量面積，餘仍保持平野狀態。出土家屋遺構中竟有石滬漁法，讓我大大驚奇不已。用石滬捕魚，不會竭澤而漁，大魚留下，小魚重回大海，是對環境十分友善的永續採捕觀念。

全世界許多海洋國家都各有當地的石滬文化，或許石材和技術不同，有些甚至用的是木材、竹材，原理卻都相同。想要為各地石滬考據由來頗為不易，因為年代久遠，人們自古以來早已習見如此地景，也很難追溯。卑南遺址的石滬稱得上是台灣最古老的石滬，除了讓我大開眼界，也修正了我對石滬歷史的認知。

石滬已被聯合國定位為水下重要文化資產，石滬漁法採用的材料大多都是直接採自現地所產，例如澎湖以硓砧石（珊瑚礁）及玄武岩為主要建材，是在地非常好用的建滬石材，玄武岩堅硬厚實，硓砧石崚角變化多端而易於相嵌契合，可以築成高如城牆的巍峨巨構；而台灣西海岸沙岸之外多屬礫石岸，礫石灘上尋找到的為大小卵石，形狀光滑而無崚角，築造滬堤時疊砌相對難度高，也難以高築，因此西海岸石滬大多低矮，築造時靠的是老師傅長期琢磨出來的經驗與手感而代代相傳技法。西海岸盛產蚵仔、藤壺及各種貝類，在滬堤上一層一層附著，無形中也鞏固了滬堤的堅實。至於卑南石滬，板岩豎立起來的滬堤低矮，只要能夠捕得魚穫，一樣也是稱職的石滬。

板岩築砌的迷你石滬或許只須低頭一探便知有無收穫，以卵石、玄武岩、硓砧石所築石滬都須依著潮汐登堤巡滬。巡滬時機落在退潮行將退盡之前，此刻踏上滬堤觀察滬中有無截到魚穫，決定是否出手撈捕。少時直接放棄，讓困在槽池中的魚在漲潮時逃回大海，多時則舉起手網下水捕撈，更多時還得火速呼喚同伴趕來協助。台灣西海岸石滬魚穫量近年大不如前，卻還是偶有中大獎時刻，那就得老少出動，抓魚抓得人人笑逐顏開。

「石滬是活的，是有生命的」老人家常隨口說出如此蘊含哲理的話。想想確也如此，當一口石滬築成之後便被賦予了生命，築得再堅固強壯也得由巡滬人日日巡檢，細加呵護。巡滬除了看魚況、抓魚，還得觀察滬堤有否坍落而立刻出手修補，否則今日只坍一小塊而不補，十天半月之後已塌掉半座長城，如果有半年不加聞問它便毀成殘跡，甚至連殘跡都找不到而教土地回歸大海。這更加讓人感受到三百年傳承之珍貴難得。我在新屋遇著日日巡石滬的耆老，自稱大字不識一個，他說出石滬是有生命的這樣動人心弦的道理，在我內心迴盪多時。老人家兒孫繞膝，衣食無虞，巡滬行動得隨潮汐而行，有時白天，有時半夜，有時炎陽烈日，有時冷風如刀，在海洋漁源枯竭的今天，石滬漁穫不多，巡滬的目的何在呢？老人家淡淡的說：老了，趁著還能走還能動，把顧石滬當做顧健康吧。

我明白有一天老人更老了，若無人接續，石滬可能也就傳承不下去吧，說不定有一天也會被大地所回收，如同卑南成為遺址，這是現實的事。

在卑南，看著從沉睡已久的土地挖掘出來的石滬，遙想卑南先民從滬池中抓魚，歡笑聲仿如仍在耳際；在麟山鼻，一夜潮聲如戀人細語，伴我在有著石滬的海邊入夢。晨起信步又來到高處，那天和新屋老人的談話如在耳畔，再看腳下，啊，漲潮了，晨光似錦照映得海面波濤如彩，石滬已完全沒入海中，成了海底沉城。

八天七夜的行走感動

這是至少三十五年前的往事了，場景猶然歷歷，感動依然在心。

那一年，我奉報社指派前往鎮瀾宮採訪媽祖娘娘遶境遠行的年度盛會，大甲離我的駐地十分遙遠，在此之前我沒有到過大甲，我看到徒步八天七夜的行程沒有被嚇住，擔心的是報社在大甲有大甲的駐地記者，在台中有綜理全縣採訪大計的特派員，沿途所經各縣市也各有同仁駐紮，我百里飛來，豈不唐突？

一直到出發前夕我還心懷坎坷，我的體力和能力足以勝任嗎？我必須跟緊進香大隊，捕捉全程一切感人故事，採訪、書寫、拍照，並就近快速找到能夠提供快沖快洗服務的相館將照片沖印出來，將文稿和照片趕送火車。火車並非班班皆能寄遞稿件，如果我誤了特定班次，報社來不及準時收稿，我的採訪也就白費了。我除了周詳準備，還得時時面對一切突發狀況的挑戰。

起駕鼓擂起，哨角齊鳴，出發的時刻到了，不容我再多想，我唯一的選擇是放下一切擔憂，即刻投入任務。

第一眼就被電到了，我看到距我幾步之遙的一位白髮阿婆，整條右腿纏著紗布，行走顯得一步一艱難，腿受傷了嗎？還能跟著隊伍走嗎？

原來她在出發前兩天被一鍋熱粥燙傷了，自腿部以下都被嚴重灼傷，她不但不因此而打消進香心願，還堅持要以步行進香，婉拒登上隨隊服務的車輛。

這位婆婆後來我真看著她走完了全程。步履遲緩，臉上掛著的永遠是那麼慈祥的笑容。

除了她，接下來一路上看到的故事源源不斷，每一天我擔心的不是找不到題材，而是感人題材太多寫不完，許多新聞我簡直是含著淚水採訪，日夜積累的感動事蹟充塞我心，如不迅速書寫，只怕滿盈潰堤。

報社希望我的隨隊採訪專欄每日維持八百字篇幅，搭配一張照片，我把塞不進專欄的抽出來當做新聞發，除了配上更多的相關照片，還隨身以鋼珠筆和白紙把許多無法用相機表達的畫面速寫下來，一併寄出，也同步刊出。我因這些自行外加的工作而忙上加忙，卻忙得充滿成就感，從第三天起我就看到刊有我報導的報紙在隊伍中流傳。

此行教我心緒澎湃洶湧，也見識到了世界三大宗教盛事的震撼，目睹到了信仰的偉大及真心素樸的信念匯集而成之強大力量。我看到了有如戰場場景的硝煙彈雨，當媽祖鑾轎行過古老街道，整條街巷間頃刻被民眾熱情的鞭炮轟得火焰四射，伸手難辨五指，也見不到對面人家，道路隨即鋪上厚厚鞭炮屑，走過有如踩上了迤邐千米的超級地毯；在一些定點，許多工作人員把信眾送來的鞭炮集中，堆成一座座小山丘，一經點燃小山丘化成火焰山，炸出火光點亮夜空，也炸出一朵冉冉升空的蕈狀雲。每一座鞭炮山就生出一朵蕈狀雲，始知同樣形狀的雲，有的是可以在瞬間殺滅萬億生靈的邪惡之雲，有的卻是由人間至情至愛的信心信念蒸騰幻化而出的和平之雲。

我也見識到了平靜小村小鎮蘊藏的真情意，當長長的進香團隊列隊走過農路、公路、村落，行者永遠不愁餓了渴了，路旁盡是沿途人家擺出來的餐食點心大陣，米苔目、米粉湯、紅龜粿、草仔糕、綠豆湯、鹹菜湯、愛玉冰、肉粽……，不是名貴之物，卻絕對是最真心的鄉土味。奉獻者不識得走過的人，走過的人也無從一問誰人擺出來的盛情，但這又何妨？

走過一天又一天，走完一村又一村，從天明走到日暮。天黑時大家都覺得累了，人人就地躺臥廟埕一角、騎樓一隅，很快就安然入眠。我跟著躺下來，卻發現蚊子騷擾不停，周邊也充滿汗臭，這是我的第一次，第一次感受到肉身躺臥在這一塊土地上的感覺，土地如此堅硬，身下似乎還有小碎石，慢慢的，此起彼落的酣聲有如大地的吐吶，竟也成為一種另類的感動，我的身體接受並適應了。

我一直設法保持著一種冷靜，一種理性，一種他者身分隱隱然的莫名驕傲，我堅絕認定我只是來採訪的，唯有冷靜才不致被情緒情感左右，才不致被這樣壯觀壯麗的信仰行為溶化，倘若不如此，我怕我的報導將失去客觀，一路見與聞卻時時溶化著我。最難忘的一刻是當我站在離大廟廣場已經十分遙遠的位置，放眼看到一條條街道每一寸空間都跪著人，每一位跪著的男女手持香旗朝大廟方向遙拜，繫在旗端的金紙有如一朵盛開的黃花，馬路因而成了開滿黃花的大花園，每人手上的香旗因朝拜而晃動，恰似風吹大地，萬花齊舞。

這樣的畫面大大震懾了我，我強令自己努力保持繼續冷靜，我再一次提醒自己是來採訪的，但我的雙膝不聽使喚直接跪了下來，我的眼淚跟著落了下來，我真是被感動到了。放眼成千上萬上至販夫走卒下至達官顯貴的老老少少男男女女，人人皆誠敬至此，記者不過是百業之一種，我何德何能自外於眾？

那一刻媽祖離我所站所跪之地少說也有幾百公尺或一公里之遙，我和身邊的善男信女完全看不到媽祖的慈顏，連廟簷都看不到，但我們都知道媽祖就在眼前，在心中。

走完全程回到家才發現兩隻皮鞋都已開了口，腳趾頭從襪子的破口穿出，真叫做腳踏實地了。

三十多年來我再不想看任何廟會，我知道任何廟會場面再大也不再教我心靈震撼至此。

回頭想起一度擔心飛象過河的採訪會不會壞了報社同仁情感，情不自禁啞然失笑起來，看到成群原來無不是素昧平生的信眾情同一家人，報社同仁何嘗不也是一家人？我出發前可還真是白操心了。只惜三十年後的今天，大甲媽祖之出巡行程早已不再前往北港和北港媽祖會香，大甲媽祖聖堂還因為政治色彩之衝撞以及其他諸種風風雨雨的人間事而蒙上厚厚塵垢，當年素心行走，而今已然如夢。

土化為器的火吻故事

玩柴燒，非得有鐵石心和金剛身。

有人說柴燒極耗錢，爐火點起那一刻以後投柴不得停，持續幾個晝夜分分秒秒注視著溫度上下，以添柴之疾徐控制窯之溫度，直至溫度達標，維持所需溫度夠久方停。柴不便宜，燒柴即燒錢。

話沒錯，而我也確實見到了用錢換來的柴堆積成好幾面壯觀大牆。柴固然是錢買來之物，其實柴也不是錢買得到的，因為是無數之樹的生命。生命豈是花錢買賣之物？豈可侈言掏錢即有？

柴燒以柴燃出高溫，將土化為器。柴之捨身成為火，方有需要的溫度將土勾起變化，熔成足夠堅硬而強固之器物。而柴除了提供高溫，還提供灰燼，這也是柴燒之最奇妙也最教人著迷者。灰燼隨火焰與氣流在窯體內迴繞、流逸、散落、附著，當附著於陶土，與陶土熔合，引出土中之各種組成物，在土上形成奇趣神妙之色變、釉變，分明未上釉之物，因土中之金屬含存及柴木落灰之催化，出現了釉色或金屬之色，閃亮、光潤，與同一器物之上未產出如此變化的本色部位互相鋪陳，肆意揮灑，有如極光之魔幻不可測，這是連大師級柴燒專家也無從掌握的。

準備好你的鈔票，換得幾車柴來。幾堵柴之牆備便，再準備好體力以及金剛不壞之身，迎向你的窯爐吧。一千兩百五十度的溫度，在每一次打開爐門時瞬間撫吻你的全身，再厚的防護衣與面罩仍擋不住迎頭熱浪，你要有足夠的勇氣與體能猶如金剛之身來面向它，完全躲無所躲。

有一座柴燒窯總是成為某一個地方的驕傲事。

但經不起細問的多，莫再追問這座窯使用頻率了。即使有窯，也不是輕易可燒，想燒就燒。於是出現了我的困惑，我當如何標示我的作品年代？土被捏捏塑塑、雕雕補補，完成了！於是欣然以尖器刻上名字，及創作的年月日。但其實這只是完成了作品的土胚，如同母雞咚一聲生出一顆蛋，可生完一顆蛋之後將之變成小雞，過程還漫長。雞之生日當以蛋之脫離母雞為準？還是蛋被孵成小雞之日？

土胚完成一個又一個，候到足夠的量了，方得以再思考打開窯門，將之送進窯體內饗以浴火儀式的下一步。如果個人只是小玩，累積一座窯爐之量或許要兩年三載，於是便得糾集同伴同好，一起湊足夠量的量，一起分享柴燒之樂，一起分攤柴燒之工與本，這得更多因緣，休怪有窯也不常點燃。

而後，量夠了，柴火買齊，人手湊齊，分工班表排定，諸多因緣俱足，可以開燒啦！

引火之前是第二回合的工程，繁雜不下於創作那個或無數個土胚。

第一，擺置土胚的正方形、長方形的耐熱平板充分備妥，架置一層層平板的耐熱柱體也充分備妥，「芝麻餅」捏妥，這些都是排窯之前要準備妥當的用物。什麼是芝麻餅？以耐高溫的特種陶土捏成餅狀，再兩面絆勻粒狀的耐火物，其狀有如芝麻餅，就直稱芝麻餅了，自然此餅不宜入口，入口當必一夕急尋牙醫鑲嵌全口假牙。芝麻餅用途是墊在每一件作品下方使之不與耐火平板粘連，一旦粘連就毀了作品。但有些芝麻餅沒做好，出窯時餅與作品合體了，這是創作者椎心之痛。

百物備齊，然後展開排窯，排窯得考慮火源方向，及作品大小，找到每件作品在進行窯燒時最適合的位置。窯體既矮又窄，密不透風，令人難以直立及回身，排窯者必須窩身於內數小時。平擺平板，平板上整齊擺妥作品，豎立耐火柱，擺滿一板再於上方架置另一板，繼續排。一個個平板相互並排，一層層平板依序朝上疊，直至窯頂。排窯學問多，不慌不忙，徐徐進行，進行中得思考退路，退出窯門之路，如此排到預留在窯門的最後一個平板位置，排窯人抽身而出，改從外方伸手向裡排，最後這一個平板也排到了頂才大功告成，封窯。

據說常有人好奇，何以每天發生的新聞，都剛剛好排滿一整張報紙？同樣的思考方向，此時當好奇何以排窯總是作品數量正巧塞進一整個窯？這個問題不提供解答，因緣殊為複雜，封窯如封口。

封窯，先用兩層耐火磚逐塊將窯門密密填滿，再貼上兩層玻璃纖維棉，塞滿所有空隙，鎖上厚重窯門，完成窯之密封。

柴燒成敗難卜，甚至成敗由天。迄今燒柴人依然維持傳統，點火之前準備水果點心諸種供品，誠心敬拜爐公，祈求庇佑順利，然後才引火，展開幾個日夜不眠不休的與火共舞大作戰。而最後的結局是開窯、出窯，只有出窯那一剎那方知作品之成敗與良劣，那一刻作品也才算真正完成。所以，究竟創作日期如何來定義？土胚完成時還是作品出窯日？這遠比畫一幅水墨、水彩、油彩複雜。

柴燒的溫度控制是作品成敗重要關鍵，有經驗的老師會準備一張教戰守則，交付全體參與人嚴謹照表操課。大致上點火之後的前四到五個小時，溫度從常溫慢慢拉升，使得爐體充分的、均勻的在三百度上下完成預熱，讓涼冷的爐體飽滿吸足熱量，也好教土胚面對即將到來的高溫在心理上有所準備。然後緩緩將爐溫升至八百度，這是第一階段的動作。這個階段投柴頻率不高，難度也低，交給初學者、纖弱女生操作即可。尤其白天操作更是輕鬆，爐邊喝咖啡、聊是非，皆無不宜。入夜之後輪班守夜，一個晚上小夜班大夜班兩組，依然可以繼續浪漫。

在八百度熬過一段時間之後可以上攻了，目標是一千兩百五十度，卻不能一口氣衝頂，而是在某一個階段時必須降溫，大約在一千度達標時為第一次還原降溫之時，降至九百度，再攻一千度，降溫反覆二至三次，使作品完成充分還原，而後才一舉攻頂直達目標之最高溫。

來到一千度已是進入最刺激的時段，如此高溫，爐邊溫暖如盛夏，開門前得先穿著石棉防護衣及面罩、墨鏡、石棉手套。窯門以長棒打開的剎那，恰如孫行者迎向火焰山，燒得灼熱的空氣撲面直襲，防護衣都覺得自身難保，有被燒熔的感覺。卻片刻不容遲疑，得立時奮力抱起木柴投進窯門。木柴碩大卻很快就被燒掉，有時甚至在窯門之前便已被引燃，逼得你非快速開門、投柴、關門不可。因為燒得太快，還得頻頻重複這些動作。分明日夜守顧至此守窯人的體能已呈強弩之末，卻是來到了最緊張也最耗力的時期。守窯人常說，此刻千萬不能戰敗睡意，稍一闔眼，連站著也會睡著，而一旦睡著，溫度失控，前功盡棄。

幾堵量體巨碩的柴牆，到這個階段差不多已將告消失。當然，算得精準的在燒到最終階段時柴牆也幾乎悉數燒完，但這是能多不能少的計算，萬一在攻頂的時刻柴燒光了，可能連守窯人三天來所坐的椅子、擺餐食飲料的桌子統統都得投進窯門加入捨報之列。

於是，三天前召來的守窯人嘖嘖讚歎的柴堆，某些是龍眼木，某些是木麻黃，某些是苦楝，甚至砍柴的人砍得興起砍得眼紅，連高貴的龍柏、桃花心木、紅木櫸木都砍來，斷面露出華麗的年輪、色澤和肌理，無聲哀哀昭告它們系出名門的高貴，此際已經連同其他「雜木」化做輕煙升空，化為灰燼墜落。名號、身分、價格、價值俱成飛灰，一切已然過往。

一次柴燒，燒掉多少樹木，成長得如此粗壯之柴想必已頗有年紀，加總起來一次柴燒燒掉了幾十年？幾百年？還是幾千年的塵世累積？

火紅的守窯人的眼，不是燒紅的，而是無眠無休的奮戰而來。在奮力投柴時，或許唯一記掛的是溫度表上跳動的數目字，以及爐門前撿選木柴時力避若干劣等柴。誤投了雜在柴牆中的廢枕木之類劣等物，立馬掀起嗆辣的柏油臭氣，那叫自討苦吃。此外，便再無分柴之貴賤身價或年紀。鐵石之心，不得有歎樹成為柴的一絲悲憫，否則難成其事。

我終於得到我的作品，沒有被芝麻餅墊片粘連而得以乾乾淨淨，向火面和背火面的色澤分布巧緻而合宜，色彩不俗而美得教人讚歎，端在手上，觸感溫潤如玉，輕敲，黃鐘玉石聲起。無一尋得瑕疵。她是作品之勝利組，眾人垂愛集一身將可預期。

我終於又得到我的作品，底部竟與芝麻餅難分難解敲之不去形成累贅；火焰掠過時似乎被鄰近的作品所遮擋而遺漏了一塊未受火吻的裸露肌膚，三度還原竟也三度遺漏，以致這個位置的表面落塵如麻點拭之不去；翻看底部，土胚黏合時遺漏了一個小小的接合點，形成無法卒睹的斷裂，真是渾身瑕疵了。但它依然是三日夜苦苦盼待而來，或許藏家不屑一顧，我卻仍手捧胸前，萬般珍惜。

我的作品一件接一件被接力捧出狹猛的窯口，件件猶有餘熱，書寫著三天以來承受的烈火紋身全紀錄。這窯門端的狹窄萬分，小心翼翼捧出來的作品無分瑕疵或完整，出爐時竟然無不是量體巨碩煥然華光直逼雙眸，原來在自己心目中作品的份量就是如此，件件出塵絕世，無與倫匹。

一日墾丁的二十六歲犒賞

墾丁今年幾歲呢？我不清楚，但我很清楚我今年幾歲，也還記憶清晰一件事：五十年前一雙二十六歲的眼睛所見墾丁是什麼個樣子。

彼時，我的時間是讀秒的過。除非睡覺，在我甦醒著的每一刻，我被緊迫的節奏所支配，我的步履匆匆，行程滿檔。從早，到晚。

我是一位只有兩年半資歷的菜鳥記者。

我的出身完全不配當記者，沒有學歷，沒有經歷，甚至連什麼叫做新聞都還傻傻弄不清，我卻獲得上天恩賜機會而成功獲聘。我希望我成為這家報社中第一強的記者，這便是我唯一能做得到的回報方法。

憑著年輕的體力，和無比的鬥志，我奮力而行。同業們一天探視兩次警分局，我一天去個四五回，連分散各地的派出所也列入必訪所在。鄉鎮市公所、戶政事務所、地政事務所、村里辦公室……，無分冷門熱門，無一不是每日必逛之處。我的獨家新聞源源，同業一輩子都搞不清我的獨家新聞源自何處？如何到手？報社的肯定及自我的成就感，讓我樂在其中。

「你必須非常認真，才能看起來輕輕鬆鬆」。

前幾天在一個咖啡杯上讀到了這段文字，不覺啞然失笑。這分明抄自我心中絕不說出口的座右銘啊！

表面上我總是談笑用兵，輕鬆自在，我存心以自在輕鬆卻天天有精彩表現的形狀展示給眾同業看。

我承認我在工作態度上真的很有心機。

年輕的我，感受的是暗藏心中的無比驕傲。於是我決心自我犒賞一個天大的獎勵：墾丁我來了！

我計畫在緊迫得沒有一絲縫隙的生活中再給自己一個更大的考驗，用以證明我的最大潛能，與其說是給自己的獎賞，或許也該稱之為自虐吧。

我居然替自己安排了一場神不知鬼不覺的南方之旅！

我的服務地點在北台灣之北，我挑戰的是南台灣之南，我要避過眾同業及報社甚至家人完成墾丁一日遊才算成功。

像往常一樣出了門，悄悄投向松山機場，算準了時間看好了班機，直飛高雄小港。當時沒有屏東機場，更沒有高鐵。

出了高雄機場，上了排班計程車。

排頭一輛竟是一位看來才大我沒幾歲的女駕駛，十分意外。

去叨位？

去墾丁吧。妳今天載我兼擔任我的導遊，我只知道南部有一個墾丁，其他一切行程都由妳隨意安排。唯一要求的是妳務必讓我趕得上晚上九點十分飛回去松山的班機。

她的笑容如南台灣的溫度，如此明媚熱情。

那一天我把我交給她。

我終於踏進墾丁。

原來南國的森林如此之狂野，奇特的礁岩地形令我更是大開眼界。而她，稱職的引領，詳細的逐一介紹，引我步步進入奇妙幻境，這叫銀葉板根，這是寬尾鳳蝶，樹梢鳴唱的是難得一遇的台灣畫眉，……

在新聞上我是犀利勇猛的悍將，在此刻我成了乖順的小學生，來到大自然成了一無所知的孩子。

我們再往社頂，見識了更精彩的鬼斧神工，這兩個地方令我流連不捨他去，而我的導遊任我放縱。

當年或許還沒有墾丁大街吧？她沒有車我去，也沒有讓我去風吹砂、燈塔等熱門景點，她縱容我隨行隨止，在半島許多純樸美好的路過處停下來，悠然自在揮霍我偷偷送給自己的假期。

二十六歲狂野不羈又萬分好奇的心，隨著一位陌生卻熟稔如老友、細緻又貼心的不知名導遊（遺憾忘了她的自我介紹）一日肆意漫行，所見南台灣如此多嬌，半世紀歷歷難忘。

透過公用電話（當時沒有手機這種東西）我完整掌握了駐地當天是否另有重要新聞，透過預留稿和可靠的友人準時將我的新聞送上了運稿列車（當時新聞一律手寫，並交由台鐵貨運列車運送到台北市），也準時抵達編輯台，填充了我的平日供稿篇幅和供稿水準。我如時返回松山，返回駐地，離值夜收班時間還有一小時，我恰好可在重要新聞據點再做一次巡禮。

別人的一天是二十四小時，我那一天擁有的是四十小時。

雖然我行筆如雲，大半生與筆相與為友，卻從不曾記寫這一段南國故事。

從阿岡群散步到福山

如果居住在台灣的兩千三百萬人依著排隊一個一個來，平均每人大約要排上一百三十四年才進得了福山。我們幸運，沒有插隊，竟然心想事成如願上了山。

福山植物園總是靜靜座落在那個說近不太近說遠也不太遠的地方迎接大家。說她近，從我居住的桃園新屋前往，車程也只須一百五十分鐘，遠比我進了福山大大驚歎的同質場域阿岡群近了太多。我去阿岡群至少得坐飛機十三個小時，再驅車五小時，時間耗費達七倍多。但我去阿岡群一共也只須十八小時，我去福山卻足足等待一個多月才能出發。

去福山須要透過網路申請，因為入園有每日進場總量管制，平日一天五百人，假日一天六百人，如果當日申請人數超出限制就得抽籤決定，沒抽中的列在候補名單改天依次入場，充滿了不確定性。我們幸運的是提出申請時發現隔天起就要休園三十一天，連忙申請第三十二天入園，居然一發命中，所以這等待其實也不是等待。

年度休園結束的第一天進園，心情興奮有加，經過一個月沒有人類這種動物入園打擾，想必其他動物更加放鬆了警戒心，此行必有更多收穫吧？

雖是植物園，似乎更為了動物而來。福山有數不盡的植物，據說也有許多動物，自從一九九三年福山植物園開放，我們一直心嚮往之，卻每每困於這個事先申請的機制而卻步，我喜歡自在而行，由於工作性質特殊也無從預約若干時日之後的某一天能夠依約而行。如此蹉跎至今，總算忙碌緊密的行程逐漸遞減，得以比較放心預約旅行，於是福山我終於來了。而晚來也有晚來的好處，漫長的遲滯期間我倒是先到訪了更多地方，光是阿岡群至少就去了許多回。我一直叨叨念念著阿岡群，是因為喜歡加拿大人樂與大自然共處，喜與野生動物為友，阿岡群與其做為安大略賞楓勝地，更堪稱人與大自然和平共處之代表範例。在那個範圍龐大無比的省定公園中，只有邊緣開了一條公路掠過其境，其餘皆維持野地狀態，禁止任何動力載具涉入，連燈光都被視為有害之物，因而野生動物得以享有萬千年以來棲息的環境，偶有人類涉足其中，動物或許只覺好奇而不會驚懼。

在台灣，我曾去過南仁山保護區，在那裡看到了不怕人的蝴蝶和各種爬蟲，蝴蝶對人的戒心似乎遠遠低於對鳥，或許牠們代代相傳的是：人這種動物不吃蝴蝶，不必害怕。

南仁山之外，離我新屋居處只一公里之遙的海岸防風林某一段，林木交錯，難得有人鑽行其下，某一回我們去探察，發現裡頭一種名為相手蟹的的陸蟹在林下到處爬行，有些爬在樹幹上，有些竟還爬上我的褲管、手臂，顯然牠們也是幸福的一群。任何動物不以人類為天敵總是幸福的。

福山給我阿岡群或是南仁山或是某段防風林這樣的想像。

這樣的想像從車子進入了台七丁公路快速轉化為具體映像。

台七丁車少，越行越見蜿蜒曲折，髮夾彎接續而來，景觀也越見幽深神祕。這和阿岡群不同，連結阿岡群是相對寬闊也少見彎曲的公路，直到園區大門都還可以保持八十哩車速暢行。

福山的大門倒是和阿岡群風格相近之極，造型素樸無華，簡單核對一下申請資料後隨即放行，一座解說中心兼遊客小坐休憩的亭屋在一公里後出現，備著大小正宜的停車場。建築物也是同樣的簡潔造型，厚實木料建構，除此之外偌大園區只有公廁、小亭，別無他物。特別強調的是園區不設垃圾桶，所有垃圾一律自行帶下山，遊園人對這樣的考驗似乎合格了，沒有垃圾桶的園區整潔程度超乎想像。

有一年我在加拿大住處附近一座小湖散步，來到一處灌木密集處，水邊的草地上跪坐一個小女孩，神情專注的注視著水中，一隻河狸正在水裡戲水，與她相距不到兩公尺，河狸與女孩是那麼的彼此信賴，互不設防，這真是美如天堂的畫面啊！後來看多了，類似畫面再不驚奇，成群野鴨、大雁就在我們院中草地踱步，土撥鼠公然偷菜，松鼠更不用說了，紅莓藍莓當成是刻意種給牠們享用的，櫻桃、酪梨、蘋果也無一不是，人們往往大方讓出所有權，人們自己想吃水果乾脆上生鮮市場去買。

鹿在我們的新家並不稀罕，成群閒散晃悠，而阿岡群卻不只是鹿，還有體型碩大的麋，甚至還有狼。麋常在路旁佇立如一頭小象，園區經常可見，人們見了總是把車靜靜停好，群聚路旁欣賞，而狼我們並未親見，有一夜在教官帶領下，由教官引吭學幾聲狼嚎之後，竟然引來好幾組狼群分從不同方向回應，暗夜中聽得真是毛骨悚然。

而現在我們進了福山。說是野生動物的天堂樂土，卻是半信半疑。

這天遊客不多，或許山區太過寬闊，人被稀釋了。我和妻撐著傘微雨相伴而行，大部分行經之處都未見著其他人。

有人以外的動物嗎？入園時解說員告訴我們，山羌是必然看得到的，至於其他，就要看各人運氣了。一位解說員說，往往你剛走過的地方，下一秒就來了一隻麝香貓，來了一群藍腹鷴……。就懷著這樣的心情行走不免帶著盼望，久候而無著時盼望轉換成了著急，逢人便問：你們看到了什麼沒？答案竟然是有啊，一大一小兩隻羌；有啊，好幾隻羌在那草坡上散步，根本不怕人；有啊，好幾隻藍腹鷴就在小徑旁散步、覓食……。

而我們卻遲遲沒有任何收穫。

這不好玩，山羌啦，藍腹鷴啦又不是不曾看過，何須苦苦尋找？這林相茂美之地，小雨將之滌洗得更加清澈明麗，我們竟一路唉唉怨怨而將之錯過，豈不太蠢？我們一次又一次去阿岡群，從不曾懷著看動物的期待，去只因想去，想置身於那一望無際的密林之海，徜徉於山丘水湄間。論山論水，眼前所見怎遜於阿岡群？台灣的山林柔媚萬分，雲霧蒸騰於四周，環場冉冉，豈是大陸型的阿岡群見得到？這一轉念頓感如釋重負，走馬踏花馬蹄輕盈起來。奇巧的是竟然再行片刻，一頭看似十分年輕的小羌出現在近處，低頭啃食，完全無視於我們。

就這一頭小山羌，教我們相對啞然一笑，原來福山可沒有沒有騙我們啊。

一位校長出身的解說員秀出他手機中的珍藏，園區九點開放，他們必須提前一小時進園先踏察一遍，因此往往見到了遊客沒見到的好東西，長鬃山羊的錄影檔或許就有幾十個，且都是近距離所攝，其他如珍稀的食蟹獴、棕簑貓……，各種飛禽走獸，生態教材中的種種台灣傳說，在這裡完全不是傳說，而是日常。

福山也有猴子嗎？好奇一問。校長先生把頭一偏，用手一指：哪！那裡就一群。依著手勢方向看去，距離近到意外，果真就是台灣獼猴。

福山無語，一趟福山行，真有被電到了的轟然之感。

都說台灣真美，不到福山怎知台灣之美？怎知身在台灣之福呢？

麒麟世界乾坤大

已經有好多天了，麒麟充滿在我的生活空間裡，我的世界幾乎也成了麒麟的世界。

我畫畫非常隨興而多樣，然而這些日子至少在題材上並不隨興多樣，因為不畫別的，只畫麒麟這一物。擺好畫布，提起大刷小刷或大小毛筆，一落筆就直接揮灑下去，從第一筆到最後一筆，畫的都是麒麟。我畫畫出手奇快，習慣不打草稿也不換筆、不用調色盤也不洗筆，常是幾分鐘便完成一幅。一幅畫中有時是單頭麒麟，有時是麒和麟一對，或是麒麟和他們的寶寶好幾隻，最大的一幅是以三面三十號畫布橫擺當做是一個畫面來處理，上頭一口氣畫了二十頭麒麟。

畫麒麟我採用了壓克力和水墨混用的手法，讓水墨和壓克力可以自在融合，有時興起，乾脆在壓克力極現代感的混合底色上勾勒、渲染起水墨，這種酣暢痛快的感覺是我用其他媒材難有的。而在畫了許多麒麟之後，深覺手感順暢，早上動筆，午休一下再畫，直到不知夕陽早已墜落海平線，一天之中竟然可以完成好幾幅。

我到大坡窯捏陶，大坡窯建在新屋大坡國中校園裡，由知名陶藝家范綱榮老師主持，是燒製過程非常艱苦的柴燒窯。我向范老師學，本是一節一個進度，一個口令一個動作，準備好好學一些基本功，這段時間卻走了調，老師分明教大家捏貔貅，我除了照模樣也捏貔貅，私下卻偷偷又改了款，多捏了一頭麒麟。

貔貅和麒麟的標準做法要先捏兩個碗，倒扣成一個空心泥球，這是頭部，再捏兩個碗塑出另一個泥球當身體，然後修細節、接合，加四肢、尾巴及各個細部。我依這樣工序捏了幾頭大小麒麟之後頑皮起來，連一個泥球都不捏，找一團泥巴捏捏擠擠，壓壓塑塑，直接讓麒麟成型。這當然是投機取巧的做法，卻也可以隨心所欲而教麒麟千變萬化起來。

出門旅行，原來總是專心找美景欣賞，現在竟然不專心了，老是心有旁騖，東張西望。其實也算是另一種專心，因為全神貫注，一心一意找麒麟。

在台灣處處有廟，大自巍峨大廟，小至田頭田尾土地公廟，大廟小廟幾乎都有麒麟的身影，有些廟宇裡裡外外一路尋找下去，竟然可以找到兩百頭以上的麒麟，如果不是親眼所見，連自己都不敢相信。台灣麒麟的數量和密度或許可說世界第一了，連我到中國各大城小市去找，也難得見到如此盛況。

我去歐美各國旅行，麒麟就幾乎難得一見，畢竟這麒麟文化本是華人傳統，老外並不時興。即使在許多文化來自中土的日本也罕見麒麟，我去了許多趟日本，難得尋得一頭，印象最深刻的竟是麒麟啤酒。而日本人懂行銷，麒麟只一款啤酒，相關文物卻多得琳瑯滿目，各型酒杯、開罐器、紀念T恤和其他各種紀念品收藏品都有，我愛麒麟當然不會放過這些文創產物，其中有一款紀念潮T，大紅色布料，金色一頭大大麒麟邁步奔躍，非常漂亮。我本來想買來穿的，竟捨不得常穿，穿過幾次後洗淨將之列入了收藏品。直到又過了好幾年，有一次去供奉著日本哲學之神的天滿宮，庭園裡發現了一頭大如小牛的青銅彫塑麒麟昂然而立，才瞬間填補了日本麒麟的空白之憾。

一件T恤可以變成我的麒麟收藏，其他麒麟文物收著收著，可還收了真是不少。我收藏到手的麒麟比較有趣的是一只清朝時的筆筒，年代或許不遠，款式卻十分精美，直筒瓷質，朱紅底色，正方留出畫框，畫的是麒麟送子圖，一位著官袍者懷抱一個小娃，坐在青色麒麟上，他的後方坐著另一童子，再後方還有一步行尾隨的侍童，手舉蓮花蓮葉，象徵連（蓮）生貴子。用筆簡潔，卻頗耐看。這只筆筒已在我手中好長一段日子了。

另有一件葫蘆麒麟畫，葫蘆高約近一台尺，是一個大型葫蘆，墨色繪畫，背面落款麒麟送子圖五個大字，圖字為簡體字，因此判斷作者是一位大陸中國畫家。正面畫著一位傳統古裝美女，手中托抱一位胖胖壯壯穿著小肚兜的小童，整個畫面以線條勾勒，略施淡彩，畫得非常生動，無論素描底子和姿態表情都是活靈活現的，和前者相比，同樣描述麒麟送子，畫風恰好成了一個今古對映的強烈對比。

玉質麒麟小件我集有許多件，玉質不同，顏色大異，淡者近白，深者近墨，相同的是觸感皆十分溫潤可喜，掌中盈握把玩，引為生活之趣。而最開心的是最近喜獲親人相贈二只樹玉麒麟，樹玉即為玉化之木化石，觸感雖如一般軟玉之可親，質地卻頗為堅硬，因而雕刻十分不易。這兩只樹玉雕件，色澤一為象牙白，一為粉紅偏褐，雕的都是回頭麟，生動靈活之極。

曾在網路上多次收集麒麟，只是網路多詐，明明寫著交趾麒麟，寄來卻每多是波麗（樹脂）灌模之物，令人生厭。波麗就明說是波麗，灌模只要灌得好自有喜愛者，何必說謊呢？我曾試著從鈔票、郵票中找麒麟，郵票以麒麟為題材者不算少，鈔票則只見到港幣百元鈔以麒麟為主題，這頭麒麟畫得禿額大眼，額上雙角，雖然我在古籍中所見麒麟乃獨角之獸，港幣雙角麒麟之設計想必自有所本。而且在我所有的麒麟收藏品中，獨角和雙角皆有，畢竟麒麟出自想像，各有所想各有所依，也大可不必有何堅持。

石雕、木雕、彩繪、銀雕、銅雕……種種麒麟，大大豐富了我的生活情趣。而今，一樣一樣取出、拂拭、拍照建檔，認真準備，將連同我的麒麟畫作、麒麟攝影以及麒麟柴燒陶藝，一同於四月間在桃園市土地公文化館公開展出。為了準備這個展覽，現在幾乎睡覺時腦裡還是麒麟在奔跑跳躍不停。

麒麟與龍、鳳、龜共稱四靈，而居四靈之首，卻常屈居配角，甚至如今石獅都成了鎮廟巨物而麒麟只居牆飾浮雕一隅，而不以為忤，人不知而不慍，實乃君子。

我喜麒麟諸多美德已久，以下試寫數語，為展前記

四靈之首，謹謙而行

穿行日月，悠遊寰宇

強固武備，神火護隨

有角不牴，有蹄不踐

才財皆豐，隨緣布捨
大仁大勇，慈懷於心

五色鳥鳴五色音

有幾叢樹於我

我忍不住傳了幾張照片給我的朋友，因為一大早被五色鳥鳴聲吵起，走到陽台仔細瞧，林蔭深深、葉影重重，找不到，無法拍鳥，只好拍樹。

藍天下的樹真是美，當然如果能拍到鳥就更好了，我就有另位朋友分明視力極差，偏偏找鳥本事高強，聞得鳥聲立刻衝出門，兩三下得意的端著相機回來：抓到了。可歎我曾是視力極佳的特等射手、狙擊手，而今已將榮銜還給歲月先生了。

朋友收到我的樹的照片，沒有鳥卻已經羨慕萬分。她是一位腰纏億貫非常富有之人，以前我小時候社會上形容有錢人叫做百萬富翁，後來改稱千萬富豪，現在有幾個億的比比皆是，而這位朋友，是現代版的有錢人，腰纏不是萬貫而是億貫。

朋友驚羨之照片，上頭就幾棵樹、一片雲。只因有一兩張照片下緣露出了欄杆，這欄杆她熟，因而一望便知這是我的臥房的陽台。當年我蓋這鐵皮屋時她常來，見了二樓陽台新設的欄杆好生不解：幹嘛用不鏽鋼？為何不用鍛造？啊，我和她有所不同，預算這兩個字是我要注意的，有原則不會亂，有計畫不會忙，有預算不會窮，如果預算充裕，我怎麼不用鍛造呢？我還可以畫欄杆圖案給鍛造師傅，打造我的專屬風格欄杆。若非我的白石屋靠海，我想用的其實是更廉價些的黑鐵欄杆就好。

我告訴她，有幾叢樹於我，勝過幾重名利山。這是此刻心境，而不是要存心氣她。我明白她塵緣未盡責任未了，仍必須在社會中奔波行走，我便告訴她一個陳年小故事，四十好幾年前，我到虎頭山麓尋訪淳皓法師，老法師非常博學而又謙虛，總是熱心接待我這個毛毛躁躁小記者，那天的話題教我太感動，我懇請師父留我在寺裡，掃地割草也願意，我不要再當記者了。他微微笑答：你塵緣還很長久很長久，乖乖當一個好記者便是，不要胡思亂想啦。

有幾叢樹於我，勝過幾重名利山，樹如此之美而又如此之可親，名美嗎？美名方得名美，而美名之經營及取得可非一朝一夕。利美嗎？利當乾淨積累方得以美，乾淨積累卻如蝸牛緩步，「有為者」絕不為。利源自不乾淨，無美名也無安適心，就不美了。不如種幾棵樹，隨便種下，天天給我美景，日夜給我無數負離子芬多精。這便是我的算數，誰勝誰輸扳個手指頭一算就清楚。

蝸牛

今年蝸牛大爆發，多到不可思議。

嗜食的人已少的今天，蝸牛唯一的天敵或許只剩螢火蟲了，但螢火蟲大量死於除草劑與光害，蝸牛遂開心繁衍，盛況空前。

臉書上有友人貼文：田野一片綠油油，只是田埂還是有人噴除草劑。

隨文還附圖一張以資證明：稻田中青青翠翠，田埂上一片枯黃。

我實在不忍心回應這位「臉友」殺風景的話，有人願走出房子行到田野看看稻田已是萬分難得值得鼓勵了，何忍澆以冷水。

我嚥下肚裡的回應文是：稻田裡沒有除草劑嗎？

如果稻田裡沒有除草劑，怎稻田中青一色都是稻子而無一株雜草？

茶山茶園、金針山金針園、玫瑰棚裡玫瑰園、玉米田、番薯田……，怎麼都沒有雜草呢？

友人送我一些金針苗，只三五天不拔草，草便吞沒了金針，以致於種了五年不曾摘過一朵金針下鍋；另一位友人送我可以結藕的蓮苗，細心教我種植方法之餘還附贈淺淺一句話：注意一下草的問題喔。結果，蓮苗活了，草更是鋪天蓋地竄出來，沒幾天完全掩蓋住蓮苗，努力拔卻拔不勝拔，最後只好棄守。

種稻之前稻田先鬆土、漫水使田土軟化，然後曳平田土進行插秧、插完秧再淹水……，等等，這環結中漏了一句：施肥。施的肥是綜合性的，增加肥分同時殺草，因此不須再以人工除草了。古早年代農人跪行在田裡用雙手摸遍每一寸土地，不是輕柔撫摸，而是加了力道直接將雜草摸除掉，這是非常辛苦的一道工序，夏天田水滾燙，驕陽可以曬裂皮膚，冬天田水冰冷，北風刺骨迎面，光這除草一工之痛苦折騰刺激下，逼得多少農家子弟逃出農務，意外已為台灣造就許多傑出的農家子弟變身成為的名師、校長、企業家、醫生，因為他們從小立誓不再當農人了。

田埂用的殺草劑只是某一種殺草劑，直接顯露出化綠草成焦黃枯草之本領。田中直接施灑在稻作的另一種則是有如雞尾酒的綜合調製品，殺草不殺稻，長效、速效。

田間因而再無雜草，同時也再無田螺、無魚蝦、無鰻鱔泥鰍，這些以前整片田都是。

當然田間也無法孕育螢火蟲的幼蟲，於是蝸牛家族少了專吃其幼蟲者以致引得族群大爆發。白石莊無農藥，夜間行走一定要提燈，否則一路嗶嗶啵啵踩死一堆蝸牛，還有鼻涕蟲、蛞蝓……。

蝸牛個子大而且背著硬殼，只能吸附牆上、窗上，偷窺人間，鼻涕蟲和蛞蝓身段柔軟，常常偷偷摸摸旁門左道登堂入室來，努力用水沖進下水孔，教牠在天旋地轉的沖洗中分清楚誰是牆裡窗裡之主人。

今夏還發現了蝸牛一個祕密：當牠熟睡時，整管眼睛呈黑色，還歪垂下來。

螢

螢的身子小小，翅膀相對小小以致力道微弱，常常被風吹得偏離航向甚至直接墜落撞上柏油路，即使蟬那麼大隻，也常被吹得迎撞樹幹。

雖都曾長期生活於地下，螢比蟬似乎更苦命些。蟬在羽化之後唯一要避的只有鳥和蜥蜴、松鼠之類的掠食者，站高高，視野好，小心些當能趨吉避凶。但螢活動於暗黑世界，容不得光，有了光便造成光害，害牠找不到配偶，影響族群繁衍。可歎暗夜大地處處都是死亡陷阱，千萬小心往往也避不了。

暗夜之中彷似寧靜安祥，生命之生存競爭卻無一刻中止，甚至勝過白晝。白天各種蜘蛛大多只補補網，睡睡大頭覺，入夜之後就是張牙舞爪大啖美食的時刻。許多人只看到掛在樹枝上大大一張網，鮮少注意到小小田溝旁、水澤邊，重重疊疊、數不勝數、密不可分的千重網、萬重網。白天已很難看見那半透明狀的網的存在，晚上網更幾乎完全隱形。螢火蟲棲息在水邊，尋偶在水邊，交配也在水畔叢草密處，於是往往瞬間墜網，不是墜入情網而是不明不白一把跌落蜘蛛網中，成了蜘蛛的大餐。

螢火蟲死前依然繼續發亮光。我曾在網上看到已被吃掉一大半的螢火蟲仍在閃著螢光，這更害了循光而來求得一會的佳人了。

螢火蟲何以被製造成這樣的習性呢？牠們一代復一代傳衍族群，難道不會進化一下，至少改變一下習慣，例如求偶不必非在漆黑處進行至少視線也更清楚些；或是不要把頭燈裝在尾巴變成尾燈，學學人類汽車摩托車設計，至少也可照亮一下前方有沒有虎視眈眈的蜘蛛和牠的網而緊急掉轉一下航向。

螢火蟲是夏夜秋夜的天使，倘若夏秋之夜沒有螢火蟲必定大大失色，倘若白石莊沒有螢火蟲，我也只得畫幾隻，費盡唇舌向孫輩小朋友們形容老半天。幸好牠們的命運淒楚卻還能勇敢堅強存活著，為我這逐漸蒼老的心靈尋回一些童真。

五色鳥和大剪尾

大剪尾是猛禽，體型比牠大好多倍的夜鷺常被追得哇哇逃竄，連鷹、鷲之類的大鳥也懼牠三分。我就親自目睹過一隻厲葉（老鷹）被三隻烏秋追啄的精彩畫面。烏秋又叫大剪尾或大捲尾，有像剪刀的尾巴，其實牠的利嘴專啄對手的尾羽和翅膀上的飛行羽，牠很清楚無論再怎麼兇狠的鳥，一旦失去幾支飛行羽就沒辦法飛了，那是牠們的要害。

白石莊住有烏秋家族，也不知共有幾組，總之散步出去總會看到這裡幾隻那裡幾隻，大部分的時間牠們都像紳士淑女般安靜停在高枝，或電線上。牠們的歌聲婉轉悅耳，算得上是第二名歌唱家，第一名當然非台灣畫眉莫屬。白石莊的台灣畫眉總是一大早就引吭高歌，一唱就是長長一串抑揚頓挫的音符，而一句句從不重複，有時還情侶對唱，此起彼和，動聽之極。烏秋興起唱歌雖略遜一籌，也是高低節奏有秩，聞之令人心喜。白頭翁應是第三名，至於麻雀，就屬歌唱界中凡俗之輩，聒聒噪噪，無可稱讚了。五色鳥也不善歌，音節單調幾聲，五色鳥以色引人。

五色鳥服飾華美，堪稱白石莊鳥居民貴族。若說五色鳥鳴五色音，我是不相信的。但牠以此聲音贏得同伴與情人卻是不爭之事實，則音之優雅與素樸或拙劣無礙其功能乃不爭之事實。何況人非鳥更非五色鳥，何以知五色鳥鳴音在其同儕中動聽與否？換一個角度說，烏秋鳴烏秋之音、喜鵲鳴喜鵲之音、畫眉鳴畫眉之音，五色鳥自當鳴五色音，何怪之有？

十八甲阿公

我有一位在事業上發展得精彩萬分的阿公，但似乎他在家庭——至少在婚姻的經營上並不算成功，一直到今天我還是不太能理解阿公和阿嬤之間的相處方式。

我阿公算得上是保台先烈的後裔，新北樹林區有一座十三公墓塔，供奉十三位抗日英雄，說是台灣被割讓之後，日本登台接收，一路受到台灣人民自發性群起抵抗，大軍行至樹林一帶，人民起而相抗，我的曾祖父當時從桃園遠赴樹林為人種田，與一群農夫伙伴們舉起鋤頭、掃刀、扁擔、鐵耙就起來與之對陣，烏合之眾自不敵日本正規軍隊，當場十三人死於非命，被收葬於此。

我童稚之時與阿公、屘叔公*、大伯父、四叔、六叔、屘叔及姑姑曾多次前往祭

* 屘：排行最後、或年紀最小。屘叔公則指祖父最小的弟弟。

拜，每年聯合公祭辦得盛大，常是鎮長親自獻花主祭。後來阿公和大伯父先後逝世，祭典參與不再熱絡，總是家族中有人想去便去，記得最後一回前往祭拜時我已就業，職場工作至為繁重，我沒有請假，載了媽媽和妻女匆匆趕去，草草拜過，立刻驅車回程，一路猛催油門趕路，路況不佳加上心情著急，沿途猛捺汽車喇叭，後來竟將喇叭按到失靈失聲，此刻想起真是慚愧萬分。那是我最後一回去樹林拜十三公，現在這座墓塔已被列為古蹟，祭典辦得更是隆重。

阿公因為父親戰死而成了孤兒，爾後生活更加困頓，弱齡就被遣去當大地主家的長工以換得三餐一飽，長工唯一的工資只有過年放假回家時地主賞給的一袋番薯。阿公非旦沒有被命運擊垮，還一路為自己的人生書寫傳奇，奮鬥出許多教我驚歎的故事。

阿公長工約滿，改行到輕便會社推輕便車。當年桃園一共建有三條輕便車線，從市心通往盛產稻米和番薯、花生、西瓜的大園是三條輕便車線之一，路線從桃仔園經九崁仔、大竹圍、水斗、埔心、大坵園直通到許厝港。許厝港是昔時桃園第一大港，舶船數和貨物吞吐量皆為南崁港、白玉港、蚵殼港等桃園其他諸港之總合，許厝港還建有海關就近征稅。現在這些港口皆已淤塞而遺跡難尋，竹圍和永安兩個漁港則是多年後新築。

推輕便車是苦力工，輕便車分載貨載人兩款，載貨的推來辛苦更甚於載人，但工資稍高，阿公選擇推載貨的，由於只有單線，遇著會車就必須依規矩輕車讓重車，避讓的一方要把整台輕便車「喬」到軌外以讓出軌道。阿公推著推著撙節了一點錢，在家鄉小街街心輕便車設站的地方買了地，先後起了兩棟樓房，樓下開店樓上住家，改行變成一位生意人。他先賣布，然後賣南北貨、雜貨、五金，後來為了償還意外揹上的一身債務還兼賣豬肉。這崁店仔傳承了三代，我母親繼承一代，直到傳到了我們兄弟的手，只因兄弟無一人喜歡做生意才把店收了。

賣豬肉利潤高，賺的也是辛苦錢。大清早三、四點拉著兩個輪子的「利阿甲」人力拖車出門抓豬，拉進屠宰場屠宰、支解，再拖回小店零售，賣肉往往賣一整天。當年沒有冰箱，賣不完就用鹽巴醃一醃，醃過的豬肉可以再賣很多天。有時也會灌成香腸，冬天年節多，還做成臘肉，阿公似乎完全是無師自通，無所不能。

阿公沒有受過學校教育，開店算盤撥得嗶嗶響，記帳用硯台磨墨以毛筆書寫在帳本上，毛筆字筆筆工整清晰，帳本裡使用的是老式數碼字，有點兒近似古羅馬字。雜貨店的百種千種商品也要逐一在上頭手寫成本價，這不能給顧客看懂，販賣時才能知道該加多少利潤賣多少錢，成本價使用的是另一套別人看不懂的密碼，後來我也都一一學會了。

開店賣布和雜貨五金已經教阿公忙得不可開交，教我萬分驚奇的是阿公還努力籌出盈餘去買田耕作。大概是早年受雇有錢人家當長工學來的一身農藝，他先買了幾分地來耕，種稻種菜種番薯也種甘蔗之類作物。我記得小時住在鄉下田園，屋後竹圍外便有一塊田闢為甘蔗田，甘蔗長得又密又高，大人絕對禁止我們闖進去，或許擔心闖進去以後找不到孩子就麻煩大了。

但是我們還是會偷偷闖，因為總想趁著大人不注意時偷一根甘蔗吃，那時農村孩子難得有什麼零嘴可嘗，甘蔗是極上品零嘴。另外一年中最偉大的零食則是在稻穀收成後，總有各地的廟宇派人前來「喊冬」，兩人一組挑著一擔竹籮（我們喚做米籮）敲著小鑼挨家喊來。喊冬有如佛家人的化緣，一邊的米籮盛著餅乾、糖果和帳冊、秤仔之物，另一邊則裝填農家捐獻的稻穀。遇有人來喊冬農家就趕緊到穀倉盛一些穀子出來奉獻，喊冬人便取出帳冊細細填寫奉獻者姓名、奉獻之物等，再送上一張大紅色的寺廟條符供奉獻者貼在客廳牆上，據說可保闔家平安，然後再盛上一堆餅乾當回贈之禮。等到他們走遠了，便是我們一家小童蜂湧而上分享餅乾的時刻了。兒時我們田間小屋的土堝牆壁上少不了兩樣壁紙，一是我們兄弟從學校拿回來的獎狀，另一種便是這些一條條貼得滿牆的紅色平安符。

此刻回憶，我們的田中小屋雖是簡陋，卻也正廳廂房、廚廁餐廳、牛舍豬舍、農具間穀倉間俱全。正廳外牆記得是土埆厝穿瓦衣形式，廂房外牆則是土埆穿草衫。入夜後全家共用兩盞煤油燈，道道地地的一燈如豆，為了撙節油耗連燈蕊都不准抽長。奇的是在這樣烏七抹黑的環境下長大的孩子，無一是近視眼的眼鏡族。

我們的田間小屋暱稱田寮仔，見證了阿公的事業和能力，他除已建有街心兩棟樓房，還有能力建了田園農莊。說是農莊也未誇大，阿公從幾分地種起，農田面積越耕越大，最驚人的時候竟廣達十八甲。

阿公耕著十八甲的土地，真教我無法想像。

只惜這個十八甲竟是一個帶著騙局的泡沫之夢，我善良的阿公被騙了。

那時正逢戰爭結束不久，阿公守著田園率領一家大小躬耕而食，突然有人來向他遊說買田。阿公的田位於桃園軍用機場旁，鄰近的一個田莊富戶地主來兜售他們的田，說是戰爭已經結束啦，太平年代機場已經沒有什麼用處，以後只會縮小，此時正是在機場邊邊買田的好時機。這理由聽來似也有理，阿公傾半生積蓄外加舉債買了他的田，這一買，連同原有的水田，耕地總共達到十八甲。

阿公一夜成了大地主，沒有一絲鬆懈和驕傲，自己耕不了便分給鄰人耕，佃農出身的阿公翻轉了自己的命運成了地主。

買地僅僅幾個月後青天傳來霹靂，軍用機場宣布擴建，一舉征去阿公約三分之二土地。獲得的補償極其微薄，無力償還購地借款，再接著短短幾年，機場三度擴建，阿公和我們全家人一起被掃地出門，還揹了一身債。那時我唸小一，放學回家看著推土機隆隆駛進我們的菜園，我和哥哥、弟弟、堂妹撿起路邊土塊、石塊朝推土機砸，年紀小力氣小，一塊也沒有命中。

阿公退回小街，除了繼續經營雜貨店並兼營殺豬賣肉，自始至終我不曾看他掉一顆淚，歎一口氣。

「抓緊一把殺豬刀，免驚沒飯吃。」屠夫雖然不是什麼高尚職業，卻可以抬頭挺胸，清清白白的養活全家人，護著一家人沒挨過一天餓。

阿公有兄有弟，阿公是誠篤老實人，最小的弟弟也就是我們的尾叔公比他更誠篤老實好多倍，老實得簡直無力自保，生活極度清貧艱困，阿公對小弟的接濟不曾中斷。阿公生涯高低起落，對弱勢鄰里的種種幫助，成為我們晚輩不時聽說的街里美談，阿公是有情有義的人，我們跟著沾光。兒少時期跟隨長輩到家鄉大廟拜拜，看著正殿神龕旁貼著一張寫有阿公名字的紅紙條，識字更多以後讀懂了，寫的是我家阿公「點神前燈」這幾個字，原來大廟正殿之燈長期都是阿公點亮的。家裡神明廳晨昏上香，一年三節敬神祭祖、每月祭拜土地公公也都是他一手操持，敬天愛人，是我阿公一生寫在心頭上默默遵守的座右銘。

說到敬天愛人，讓我想不透的是他和我阿嬤的關係。

如果說他和阿嬤之間沒有愛也沒有感情，他們怎又生了七男兩女？但從我有記憶以來，我不曾聽阿公和阿嬤講過話，他們數十年長期分住兩個距離將近十公里的地方，見面也相敬如「冰」。

阿嬤是大戶人家的女兒，家大業大，房子周邊種滿高大的果樹，也有極為寬闊的稻田。從果樹的高大來推斷，她們家如此寬闊的田園宅第當是由來已久。我在兒時和兄弟、堂兄堂妹偶而會結伴前往阿嬤家，和另一群堂兄弟們相聚，爬上高高的果樹採龍眼、芒果、柚子及玉蘭花。阿嬤喜歡把玉蘭花別在斗笠上，走到哪兒香到哪兒。阿嬤也會帶我去她的菜園摘各種蔬菜，她總是叫我憨孫，充滿了濃濃愛意。一直到很久以後我才赫然發現住在阿嬤身邊的伯父和叔叔以及成群的堂兄弟，完全和住在阿公身邊的叔叔輩、堂兄弟輩是不同姓的，一頭以阿嬤的姓為姓，一頭以阿公的姓為姓。

原來阿公是被阿媽招贅的。

阿公自小喪父，家貧自所難免，我不知道後來他在什麼樣的機緣下和阿嬤聯姻，住進了阿嬤家？但我慢慢推想，阿公這樣一個志氣高遠而且事業心其大無比的男子漢，以入贅身分住在太太的家想必有著太多難以言宣的苦吧。他連做人家的長工都不嫌其苦，肯定這樣的入贅身分之苦更甚長工之苦。而後阿公離家，從阿嬤那個叫做大竹圍的村莊前往十公里外一個叫做大牛稠的小村獨力創業，以自己一顆不屈不撓的心和勤奮勇毅的雙手成就了自己的一片事業，卻再也終生不肯回「家」了。對於一位有情有義的男人來說，這是我始終感受到的一個缺憾。

招贅習俗中有所謂「抽豬母稅」的規矩，子女從父母雙姓，一半從父一半從母，我終於才知道我的伯父和我的父親、我的三叔及其他叔叔以及他們的子女所姓不一的原由。一門同胞兄弟姐妹，竟被一道無形卻深刻無比的壕溝劃成了兩個家族。

阿公和阿嬤年老，各從己姓的子女分別為他們送終，分產更是慘烈，各依所姓承繼，開闊者心情豁達分多少是多少，想不開的成了彼此不相往來的陌路。

招贅、童養媳都是早年貧困年代出現的畸型社會制度，童養媳是把自己的親生女兒從小送給他人撫養，領養人往往圖的是領來一個免費而可供使喚的下女，等到長大還可順便讓她和自己所生的兒子「送作堆」結為夫婦，省下可觀的結婚開銷，親生父母則可少了一個負擔。以前人們不知節育，一生生了十個八個孩子是常有的事，少養一個就少一分開銷說來也是現實考量。但台灣昔時童養媳之受虐事件真可寫出厚厚一本社會紀錄。我的媽媽是童養媳，後來她也先後收養了三個童養媳，幸好媽媽心胸慈懷，沒有為受虐事件添一筆，但時代已然大變，我和兄弟成年後都沒有被和她們「送作堆」，大家依自由意願自由戀愛去了。

阿公在眾多子孫中疼我最甚，夏夜我們同坐一條長板凳上，他用他的八角扇替我搧涼，我也用我的扇子替他搧涼，清風徐徐，螢火蟲不時飛掠我們眼前，這是我一生永遠抹不掉的記憶。

那一夜和阿公看布袋戲

阿公偶而出門參加旅行團旅遊，總會攜我同行。半個多世紀前的台灣旅遊風不若今日之盛熾，還在讀小學的我，卻已跟著祖父的足跡到過基隆、霧峰台灣省議會、鹿港、新港、彰化、北港等等許多地方。

印象最深的是有一次的鹿港北港之旅，基本上那是台灣迄今流行不墜的「阿公阿婆進香團」宗教朝拜之旅，我們搭了遊覽車從桃園的大園出發一路南行，逢廟下車參拜一番，整個行程三天幾乎都處在裊裊香煙的氛圍中。

有一晚我們的遊覽團在鹿港過夜，住在一棟古色古香的小旅館，還記得旅館以紅磚砌牆，裡頭有木造的樓梯通往二樓，二樓十分低矮，樓地板也是木造的，走路必須略略低頭，而且走起路來樓板咯吱咯吱響，是十分驚奇的經驗。我好不容易才在陌生床位上睡著，睡到半夜，卻被一陣咕咚咕咚聲吵醒過來，我驚懼的問阿公：這是什麼聲音啊？他說：沒什麼，只是老鼠。

老鼠？我更怕了，老鼠在床尾奔跑，會不會等我睡著以後偷偷爬來咬我的耳朵呀？但因白天實在走得太累，夜間也太晚上床，最後終於還是睡著了。

旅遊團本來是蠻早就讓我們吃過晚餐，住進旅館來的，只因那晚跟了阿公到街頭看布袋戲，才搞得三更半夜上床。

記憶中，布袋戲是在一座大廟前廣場公演，戲台前擺著一張張台灣人稱做「椅條仔」的木頭長板凳給觀眾坐，每條板凳可坐兩到三人，戲台雖畫得很漂亮，演出卻和今日所見的完全不同，裡頭的唱腔對白精緻古典，偶有激烈打鬥的電光石火，使用的是爆竹、電火石，戲台後面還搭配一組兩三人組成的小型樂團，隨著演出情節吹奏、擊打各種樂器，故事的進行節奏十分緊湊，看得我真是目不暇給，渾然忘我。

時光跳躍五十年，今日台灣布袋戲偶而雖有當街公演，台下幾乎不見一個觀眾，演出目的無非酬神、謝願，是演給神明看的，真正演給人看的現代布袋戲則是在現代化片廠中攝錄，佐以各種聲光科技，形成一種高成本的文化產業，觀眾不在街頭欣賞，而是在專屬電視頻道中播映，日夜皆得欣賞，或是做成影碟租售，讓人得以在家觀賞。

鹿港那一晚當是我有生以來第一次看到布袋戲，戲中俊俏的大俠、武功高強的蒙面人、美麗的俠女等角色真真把我迷住了。當時我大約就讀小學四年級，早已愛上了畫畫，旅遊歸來，我以布袋戲裡所見人偶為角色，自己編了一段故事情節，用作業簿畫出一本具體而微的漫畫書，畫完，有一天晚餐後喜孜孜翻給阿公看，邊翻邊敘述故事情節，看得阿公笑呵呵好不開心。從那以後，我更加愛上了畫畫，小學畢業前至少畫出十本自己的漫畫書來。只惜搬家多次，無一保留。

旅遊、畫畫也有後遺症，有一陣子太著迷於畫漫畫，使得課業成績大大退步，媽媽只好把我託給一位老師，讓我每天晚餐之後拿著手電筒走夜路前往老師的宿舍接受課後輔導。這課後輔導的名稱是後來才有的，當年由於國小升學國中（以前叫做初中）須要經過考試這一關，初中依程度與聯考分數定有省立和縣立兩級，競爭激烈萬分，所有的課後輔導一律被稱為惡性補習，簡稱惡補，督學會四出查訪，一旦查到惡補老師是要受嚴重處分的。我在老師家偷偷摸摸補習了半年，畢業時總算獲得縣長獎並成為全校三個考上省中學生之一。

目前我的名片上印著我的三項嗜好：旅行、寫作、畫畫，其中兩項，莫非就是阿公幫我養成的？

小園有「朋」遠方來

在我的小小園裡種有多種鳶尾花，每年最先報春的是日本鳶尾。日本鳶尾顏色潔白中帶一點水紫，在若干部位另用淺鵝黃色做重點彩飾，花朵淡雅素淨而出眾，有如從霧氣蒸騰的湖水中浮上來的一個個小精靈。

之後是黃扇鳶尾登場，黃扇鳶尾枝長葉長，花開時朵朵鮮黃花朵隨風搖曳，恰像一群聚光燈下的翩翩舞者。

接著是巴西鳶尾，她的花朵由三片白瓣襯底，三片豔藍內捲，用色對比強烈，嗆辣正如嘉年華會盛裝出場的巴西女郎。

等到花朵碩大的大花鳶尾盛開時，花期交疊弄得滿園熱鬧非凡的長長鳶尾季也逐漸走到尾聲，這是盛夏已臨蟬唱盈耳之時，再有鳶尾也是零星風景了。大花鳶尾的藍紫色花一開開得彷彿沒完沒了，其實各種鳶尾都帶著這樣傻勁，開起花來此起彼落勇往直前絕不畏縮，她們都是一日花，卻不嫌生命短暫而盡情開出了一生最豐美最飽滿的風采，讓人不能不為美人命薄而唏噓，但年復一年，她們反而越開越旺，義無反顧的前仆後繼，該怎麼說呢？

巴西鳶尾顧名思義理當來自巴西，巴西多麼遙遠，兒子做寶石飾品生意時和我燈下欣賞一顆顆晶亮剔透的各種寶石，有些還仔細的包在布裡、裝在盒裡，取出後層層褪下包裝，看完再依原樣逐一裝回去，父子倆看得讚歎，讚歎人間怎有此奇物。而這樣的寶惜心情，自從他去了一趟巴西頓時消散有如雲煙。他去了礦區，只見東一堆西一堆路旁堆的都是寶石，賣著的人席地或坐或蹲，有時甚至去到老遠而不見人影。

分明是售價不菲的寶石，竟輕賤至此！

再低頭一看，腳下所踩大地，也有許多晶晶亮亮浮現於泥石中！

這使我想起了初次去韓國時，看到在台灣貴得不得了的高麗蔘，竟在菜市場泥地上擺成一堆堆小山丘而且售價低廉有如蘿蔔，真生起好一番詭異感。

兒子不再做他的寶石生意後，邀我同遊南美看看寶石礦山，踩踩寶石之地開開眼界，甚至還擴大話題深度廣度要帶我去看看大河、冰川……而我竟也如氣球之消了風。看看自己在台灣小園裡的巴西鳶尾，小湖中浮上浮下的巴西龜，覺得也有如去了巴西。

對了，巴西龜。

小園中有湖，野魚自來，兼有各類水族，龜鱉鰻鱔，十分多樣。我非專家，肉眼辨識只覺野龜種類不少。而我能一眼認出的便是巴西龜，牠外號紅耳龜，腮邊有一抹鮮豔紅色。於台灣而言牠是外來種，只因繁殖率高，生性凶猛且競爭力強而被認為是危害生態之物。相較於巴西鳶尾，巴西龜可還真是不受歡迎之物。

其實我家還另有「巴西」，巴西磨菇是朋友送的，據說對身體很好。巴西蜂膠也一樣被列為好東西，而小園最新的成員是一株名叫巴西櫻桃的奇趣果樹，她能開一樹滿滿秀緻的白色花，結出比常見櫻桃小了一號的甜美櫻桃，產季一到，滿樹珍果摘都來不及摘。小小櫻桃自綠變黃到變紅只須幾天，由紅轉為咖啡色更往往在一天之中，若不及時出手摘下，瞬間被鳥吃了，被松鼠偷了，再不摘就軟了、糊了，爛了。

許多朋友們說台灣種的櫻桃超級之酸而無以下口，送我們並幫我們種好的朋友說：他們種的都是印度櫻桃，我給你們種的是巴西櫻桃，不一樣啦，始知巴西竟是這樣好。

巴西離我很遠，南半球北半球東半球西半球無論怎麼說距離都是地表上之最遠，欣賞熱情的鳶尾，看著池中抬頭不時與我四目相對的龜，嗑著甜滋滋的櫻桃，小園有朋來自遠方，感覺上巴西卻又離我如此之近，這人間何其之奇妙。

我想起了兩位巴西詩人。

二〇一六年七月，奧運在巴西舉行，這個國家打造的奧運環境頗受國際批評，七十歲的巴西詩人Jorge Salomao在一個酒吧外書寫了一句心中話：「我們正在經歷這麼多困難時期，奧運會將帶來歡樂和友善，在這個時刻這個城市是世界上最美麗的城市。」這多麼令人動容。

另一位若昂·卡布拉爾也有一首膾炙人口的詩：

光，太陽，室外的空氣
包裹著工程師的夢。
工程師夢想清晰的東西：
表面，網球，一杯水。

鉛筆，矩尺，紙；
圖標，方案，數字；
工程師設想公正的世界，
沒有面紗遮蔽的世界。

六十五年毛蟹情

那年我大約五歲，那場經歷過的畫面卻迄今歷歷如繪。家人，以阿公為指揮中心，叔叔伯伯和嬸嬸、我娘以及全家孩童全員參與，大家捲高了褲管，排成一字形溯溪而行。那溪名叫埔心溪，溪水清澈見底，小時感覺水勢嘩然頗為湍急，溯行其間十分震撼驚險。

溯溪不是為了好玩，而是為了抓毛蟹。因此大人身上還提著竹簍、水桶等盛具，一面涉水逆行，一面隨手抓捕，還得一面顧著小孩莫教溪水沖走。那是在入夜時分，因此還有人揹著電池燈或舉著手電筒用以照明。燈影幢幢，水流嘩嘩，如此逆流抓捕毛蟹大約一小時，每個盛具大多已裝得七分滿，於是打道回家。

埔心溪離我們所住「田寮仔」合院不到一公里，回家以後先把螃蟹養在大缸裡，數日後吐盡穢物才進行料理。媽媽如何料理已無印象，依稀記得的是大鍋蓋子裡一陣沙沙聲，沒多久聲音停下，隨即蟹香傳出，台灣毛蟹的香真是無與倫比。

如今還有台灣毛蟹嗎？

農藥荼毒農村土地，田溝水泥化，連田埂都水泥化，小溪小圳無一不飽受污染，如此生態環境之下毛蟹還能存活嗎？

記憶中家鄉那條埔心溪一小時可捕得大水缸將近半個滿缸的毛蟹，逢著毛蟹產卵或繁殖季，溪岸見得到毛蟹一群群行軍，大軍移動的陣仗驚人，隊伍日夜持續可達一星期以上，今天當然看不到那種大場面了，至於溪裡還會有零星殘存之蟹嗎？我不敢也不忍去想像。但是我在島內移民後選擇的新居家環境中，倒是欣喜發現了毛蟹存活的現在進行式。

新居所白石莊座落田野之間，水源來自石門水庫，沿著桃園大圳一路奔流注入我家毗鄰的十九號池之後灌溉的第一塊田地便是我們家，周邊農田圳渠完全沒有污染問題，田溝裡各種小魚、田螺教我驚喜，成了散步時分心觀賞的樂趣泉源，更開心的是發現了毛蟹的蹤跡，毛蟹性子溫馴而害羞，靜靜待在一個定點進食，吃的是一些溝裡的水草水藻、植物腐葉之類。入秋之後，常有鄰人提著桶子帶了鋏子沿溝搜捕，雖然抓得一隻不剩，卻是年復一年又再重現新的一批。

欣賞毛蟹的時候，憶起童年時光，每當一大鍋毛蟹起鍋，大人坐在桌前，舉酒嗑蟹話家常，小孩也去抓來一隻接一隻剝著吃得好不開心。記憶中的毛蟹香帶著香瓜的鮮甜，是任何海蟹都沒有的特殊味道。小時後來還跟著大人抓過幾回，而自成長以後，所吃幾乎盡是海蟹，餐廳裡從沒見過有賣毛蟹的，毛蟹的滋味於是睽違六十五年。

白石莊村居秋後常見鄰家抓蟹，也聽著他們善意相詢：是否送幾隻給老師嘗嘗？竟無一絲動念。看他們桶裡所裝毛蟹體型未免與兒時記憶相去太遠，如此體型，當只幼蟹吧？這也能抓來吃？

忽然來了電話，一位家裡賣鹽酥雞的朋友問：老師要吃毛蟹嗎？給你留一些！

這電話教我猶疑。最後居然心動，欣然而往。

準備要送我的好多毛蟹被裝在一個紅色塑膠桶裡，每一隻都體型碩大，是幾十年來不曾看過的大個子，幾乎就是童年時看到的大毛蟹一般樣。

朋友教我們怎麼料理毛蟹，教得非常詳細。我不好問他這哪兒抓來的？我不知道他抓蟹抓得如此專業是不是用以賣錢以裕家庭收入？或許這是他的業務機密也說不定，但我卻欣喜看到台灣毛蟹活得如此之好，活生生出現在眼前。

接下來好生矛盾，是該將之野放呢？還是請砂子將之烹了煮了一解幾十年來之美味記憶懷念？

最終是砂子替我做了決定，或許該說是她看穿了我的口腹之慾勝過一切，總之是毛蟹上了桌，煮熟了的毛蟹有著非常漂亮的顏色，我吆喝家中小朋友們同享，一如我五歲時聽到阿公慈愛的吆喝聲。可惜的是小朋友們似乎對之興趣缺缺，毛蟹體型再大，比起任何海蟹也只能算是小傢伙。更可惜的是，我為自己斟了一杯紅露酒（據說最好是溫熱了的黃酒加薑絲），剝開一隻，準備學一下當年阿公和叔叔們的豪氣，哎，酒味可還蠻嗆的，相對的毛蟹的香味幾乎不見了。帶著像現摘土產香瓜而香氣撲鼻的毛蟹味道變得若有似無。

是半世紀以來我吃了太多奇珍異味以致味覺失焦了？還是現代毛蟹滋味已變？總之我失去了六十五年的毛蟹記憶。

相見不如懷念，這首歌在心田深處幽幽響起。

和麵包果的一年一約

麵包樹站在我家門前，乖乖站成一排，站得十分謙虛，路旁水溝之外，緊緊挨著池堤，不敢佔用一寸公共空間。

或許有十棵之多吧，恰好站滿我家這一側的一百多公尺長的道路，變成行道樹的一邊，配合池堤豐富多元的天然植披，組構得備顯層次多元而布展出精彩畫面。另一邊的行道樹則樹種繁多，包括有大葉欖仁、小葉欖仁、光臘、大花紫薇、鐵冬青、苦楝，它們的下方被種成綠籬的厚葉女貞環抱，它們的背後也熱鬧極了，被我家小園裡的芭蕉、青楓、朱槿、桑、九重葛、金露華層層襯托。整條聚賢路，這一段最是綠意盎然。

我和麵包樹有約，一年一次。

其實這麵包樹終年都在門口不曾離開半步。每年一約說的是我和它發生更深層的關係，我把它的果吃了。

年年春來，麵包樹開始準備和我的約會。

它的大葉大得誇張，終年長綠，約會其實也不必再添脂抹粉。但大約三月天漸暖，葉柄處冒出來了藏不住的訊息，長出小指頭大小的東西，那是雄蕊，無用之物，因為結不成果，只出來幾天便紛紛掉落。

初出雄蕊嫩黃色，墜落時變成咖啡色。有人告訴我它並非無用，撿拾，曬乾，可以點燃當蚊香。我撿了一紙盒，認真曝曬，打火機一點，有沒有醺跑蚊子還不曉得，先把我自己臭跑了。始知網路消息因人適用，未必合用於每個人。

雄蕊之後雌蕊繼起，直接長成果狀，初始如豆，漸長如蛋，再接下來日日膨脹，速度奇快，這時候回頭想起雄蕊之偉大，若無雄花，這果就結不成，脹不大了。

日日見其長肥長大，除了我走過時抬頭欣賞，更多的鳥雀、昆蟲、松鼠想必比我探視還勤，當然還有鄰人。一位在四百公尺之距闢出小園種滿四時蔬果的原住民朋友有一天見了我豪氣萬分一聲吆喝：邱老師你家麵包果今年都別給人家採了，全部包給我，我給你兩百塊。

我非常好奇，你喜歡儘管來摘何必全包了？你怎吃得了這麼多？

我可以餵豬呀，我養很多豬。

我哈哈做為回答，種在路邊之果，且是由公部門前來植栽，我哪有身分和立場包賣包買私相授受啊？

再說，也許鳥兒和松鼠也不肯答應吧。

果大到比成人的拳頭大上一倍時，熟了。

果熟了並不是看大小而是看果皮上的印記，少女長大了體態變得豐盈皮膚變得潤滑，麵包果長大了則是皮膚上變出了點點漂亮的紅色斑點，此時正是採摘好時機。

不必勞我探頭瞻仰大樹之梢果熟沒熟，鳥雀爭鳴萬分起勁起來，松鼠也在枝頭跳得分外活潑。這未免可怪，麵包果皮層內藏有乳汁飽滿，黏性煩得人好不懊惱，難道只煩人而不煩松鼠？只黏人而不黏甲蟲？而樹下人聲也熱鬧起來，門前之路，平常一天難得走過三五個人、三五輛車，何來嘈嘈雜雜？原來採摘人已然到來，分批而到，各採摘個三兩麻袋，開心而去。

早到的人採低枝之果，後到的人攀爬高枝，或是鉤網齊用，有些則在小貨車上架起高梯，專業架式十足。當然要求兩百塊錢包買的那位種菜朋友也沒缺席，只是他和友人家人合力扛走好幾袋卻忘了給我兩百塊，二十塊都沒。

等到人聲漸稀，昭告今年麵包果季已到季末，我和砂子走出門，喜見最高處依然掛著許多許多，大部分果皮上最鮮紅處最甜美處都被鳥兒啄開了，金龜子也埋頭飽餐中，幸好還留有幾顆完整的，此刻該是我們出手的時候了。再錯過，又得三百六十五個日子。

麵包果料理頗招人嫌怨，在越來越是養尊處優的廚房操持者看來，搞得黏糊糊只為了一鍋料理真是愚蠢不過，出門一百塊兩百塊就可換得起碼一餐國民美食，何必在廚裡和這黏稠之物搏鬥？大自然之美好犒賞即使近在門前也總是成了嫌怨對象，地瓜葉要挑挑撿撿好煩，韭菜尤其難挑更煩，玻璃菜要當心農藥，有機的又往往藏著噁心的鼻涕蟲或是蛞蝓，而且瓦斯要錢，水費要錢，電費要錢，外食算算更省錢，何況外食還有冷氣吹……，於是，不只麵包果被嫌怨，從田裡採摘來的都成了嫌怨對象，願意到超市買挑好撿好的一盒兩盒一束兩束青菜回家下廚的已成了人間少有的模範老婆，還麵包果呀！

於是麵包果只剩下擁有耐煩耐勞廚娘之極少數特選家庭吃得到。

而我，遂成了那極少數珍稀家庭的享用者之一，我不忍只為口腹之慾教御廚太辛苦因此自我設限，一年與麵包果之約僅只一回，或兩合，這也夠了。滑腴鮮香好滋味，淺嘗更美。

還能享受幾回呢？和麵包果的約會還能有幾場呢？年紀如此老大不小的我，不敢給也給不出答案來。

這樣一想，一年一約的儀式變得神聖起來。

聽雨看花白石莊

白石莊是鐵皮屋，犒賞住鐵皮屋者的最大禮物是聽雨。雨如天籟。

白石莊單厝無鄰，無人聲之雜杳。四時皆萬籟無聲，卻也四時皆有萬籟之聲，雨聲為其一，也為其中之最美者。

入水口僅徑直二十公分小孔，日夜活水由此流進莊園，小園挖溝用以承接，雖收受兩方只落差一米，倒也頗有活泉動聽之趣。微雨時水聲潺潺壓過雨聲，側耳猶可聽得小雨毛毛私語如情人貼在耳畔。

小溝蜿蜒三轉，轉入園中小湖，溝畔形塑一小小園中之園，植櫻數株，富士三，吉野一，山櫻一，在此小坐，賞櫻看水，故命名訪櫻台。

訪櫻台上的櫻與相銜另些區塊之河津、八重、枝垂等諸不同品種名櫻花開時以色相遙相應和，使莊園春來一片嫣紅粉紅，引得蜜蜂成群，展翅搧起共鳴聲，為春之聲。

千坪小園一共只植櫻二十株，無雨時花隨風舞瓣隨風傳散，落雨時花香伴雨珠下墜，進小溝渠，也入了湖。細雨看櫻最是淒迷，花落隨雨，花墜如雨。

緬梔即雞蛋花，開出蛋白蛋黃雙色並陳之花，另有不同顏彩如粉紅粉黃黃中帶紅紅中帶黃或全朵皆粉紅、豔紅、深紅者，全園共約十餘株，各立一方，吐香如帶著粉味的蘭香，四處植栽因而四處可聞其香，為香花類植物之霸氣一哥。

有友人於雞蛋花時節來訪，進門即呼，你家的氣味很複雜。好個複雜形容！說來實也端的複雜無比。

雞蛋花香溢出園外，還沒推門進來，成排野薑也正開出百米花牆，野薑香得幽微甜美；行過百米野薑花牆丁字路口左轉九十度後是白石莊正門前的另一道百米花牆，以女貞為牆。女貞開花如紫丁香，唯紫丁香的香氣濃郁帶著粉味，女貞的香若帶著海風的鹹味，是唯一讓我覺得帶著鹹味的花香。

一路海風氣味相伴而來到了門前，朝門，右邊是園藝師傅嫁接失敗之物，原來嫁接了辛夷的芽，植栽後辛夷死去，用做砧木的植物奇蹟似的活下來，長大了，花開始知原來竟是一株黃金玉蘭，花季時開得滿樹黃金之花，香氣比白玉蘭更加濃烈，是一種巾幗氣質的強香。黃金玉蘭花下有無香卻豔的珊瑚刺桐，慷慨的長時段提供色彩之美。相伴者另有花型極小的樹蘭。然樹蘭花雖顆顆小如小米稀飯上的粒粒小米，卻香氣十足迷人，總是忽然送上來一段教人驚奇之香，是一種佳人浴罷透過細嫩皮層沁出來的肌膚之香。朋友說白石莊氣味複雜，光是門外這諸種之香依花況、風向、氣候、晨昏隨時調配比例混合之多變香氣，不複雜也難。尤其滴答答輕雨來時，香氣時而被雨打斷，時而再飄出來接上上一段的餘香，這樣的氣息常常教我猛力吸嗅，忘了呼吸應保持的正常節奏。

輕推小木門，若逢得佛誕佳節或是母親節前後，門畔再添一香，那是木蓮花之香。木蓮可高達十層樓，小園木蓮尚屬幼齡，高僅約八台尺，此一高度正宜賞花聞香，十層高的木蓮曾在亞得里亞海濱古城見識過，那樣高度，只能瞻仰，香氣或許迷倒的是海鷗。

木蓮旁依次有迷迭、櫻、楊梅等，大致上沒有氣味，迷迭雖是香草，不去擾動則香氣內斂不輕易外揚，倒是一株八重櫻和一株五歲楊梅之間低矮若灌木者名喚夜合，又是一株奇香之葩。夜合的花朵朝下形如覆碗，瓣白如雪，花型嬌美，香氣遠揚，是一種清遠而帶著甜蜜之香，只歎佳人生命短薄，往往只入夜開綻天明即片片瓦解。有時同開數朵，提燈清賞，擔心良夜苦短，黎明急急探看果真只見崩落一地若碎玉，真有君王掩面救不得之痛了。

一日花總有一種上天賦予的彌補，即單朵命短，卻能持續連開，枝上滿滿花苞朵朵接力開放，細弱枝頭蹦出來的生命力真真教人驚奇。

賞夜合最怕遇著天雨，佳人含淚，人花相對默默無語，賞得淒淒楚楚。雨珠滑過花瓣，是否帶走若干香相伴墜落塵土？

曾痴痴妄想要為小園每一朵花拍照，理由無他，總覺得小小一個園雖然三百六十五天年頭到年尾都有不同的花盛開不停，但每一朵花卻都是一生只開一次。開花時無論遇著風雨嚴寒或是盛夏酷暑，該開花時便得開花，正是茵夢湖中最最教人心碎的一句：今朝在你心目中，我有最美的嬌容。

花開時認真開花，為君盛開一回，明日不再重來的。

明日，或許君所見仍是同一朵花，卻已非初綻時分之青春嬌顏，如荷花，如木蓮，每一朵花可以開三天，每天晨昏閉合三個回合，三天的一生共閉合九次，卻是晨昏旦夕之間，時刻走上衰敗之路。

我為花拍照，並非企圖留駐伊人之青春容顏，只想告訴她，妳開了，我看到了，且以一百二十五分之一或六十分之一秒的快門時間專注面向妳，領受妳的真情賜予。

自然這是痴人之言，狂人之語，天下花開絕不有一朵會是為了我，而只是一種生命中之必須行程，但若我匆匆走過而未投以一眼，花理當倍覺落寞，我知花是有覺知之物。任何植物皆有覺知，植物只是行動緩慢之生命體，其語言及情緒表達因人類無知而無以窺知。

花之靈敏覺知我有面對之經驗。

那一年我在加拿大小住半個月，其中十天是特休假，另五天是請假，請假每日損失三千元，外加全勤獎金。若再加上往返機票，於我這個小薪水階級而言這十五天真乃一寸光陰一寸金了。

眼看僅剩三天假期便將結束返台，但後院牡丹枝上顆顆小花苞卻日日冥頑如鐵丸，不增不減，不胖不瘦，真真急煞我也。

牡丹啊，我千里飛來，也只圖與妳一年一會，妳怎如此鐵了心？

妳若相憐，妳若喜悅，理應報我以盛開之嬌容。

當天黃昏，突然驚見花蕾膨脹近倍，次晨，蕾上濃濃胭脂色彩，再一天，盛開來了，就在我返台之前一天，一個後院開出二十多朵碩大的紅牡丹，能不說奇蹟？花有覺知之印證，感動得我端了酒杯花前真情一敬。

小園有花，有任何植栽及自生自長之植物朋友，再不敢輕慢。每天看花開，自是多了一分感激心。花開不為我，但花開誰知又不因我？

小園有湖，號稱全世界最小之湖；湖心有小泥丘一，稱之為全世界最小之島。

小湖初成，欣喜買筏去。

枕上賞月分外明

今夜月亮很美，一定要看喔！女兒傳訊息給我們。

果真，五月的月圓圓如中秋，啊，中秋其實也近了，再三個月又將是一年中秋，歲月何匆匆。

傍晚散步，沿堤畔小路走到路口正好五百公尺，來回一趟一公里，距離不長不短，沿路的木麻黃、吉貝木棉、印度紫檀、阿勃勒等等許多樹木和閒田、菜園風光十分明媚多變，這是近來最大的嗜好，如果一天往返三次，計步器就有了三公里的業績，多少也得些心寬。而今天這一趟卻遇上了羊群，倍添散步之喜。

這是附近一戶人家的羊。勤快的鄰家養羊、種菜，平時幾無來往，見了面只互打招呼，今天為了羊就聊了起來。

他一共有四十三頭羊，大小俱有，最小的只兩個多月，跟在母羊身邊學吃草。

母羊一胎一至二頭小羊，偶有三胞胎的，母羊如果常吃草而少吃精製飼料多半只一至二胎，營養夠了才可能一孕三胞。但三胞胎往往奶水不夠，必須沖奶粉餵。人工餵養的小羊比較近人，喜歡跟著人繞。公羊雖多，都閹了，只留其二當種羊。因為不閹肉味太腥臊，賣不了好價錢。公種羊服役約四年便得淘汰，雖然大羊生小羊源源傳衍，偶而也要去別地買些新羊進來，以免造成近親繁殖。近親繁殖的小羊不好養，毛病多，問題也多。

我讚美他的羊養得好，毛色發亮，體型壯美勻稱。他強調他的羊除了吃飼料，也會趕出來吃草，吃草的羊雖然長得慢，別人純吃飼料的八個月九個月就可以賣，他的總得養一年，才長得到六十公斤，但他的羊品質好，售價高些。

六十公斤？那就是一百台斤囉！羊有這麼大啊？他哈哈笑得好不得意：「你到羊肉店買羊肉爐，都添加了濃濃的中藥來去腥，我的羊，直接燉蘿蔔就非常香甜，沒什麼腥味。」

一句老話說：羊肉還沒吃到，先沾了一身腥。羊肉而能自誇無腥味，果真值得驕傲。不辭麻煩，把羊趕到荒田吃草，讓羊可以曬曬太陽，踩踩土地，享受到最鮮嫩的青草，這是一群幸福的羊，讓我想起加拿大的牛羊和馬，總是在壯闊大地上徜徉。日子過得幸福，提供的鮮奶和肉品自然也是相對比較健康的好物。我看過有太多的肉雞或蛋雞從生下來就不曾踩過土地，甚至不曾曬過太陽，也有終年不讓羊踩到土地的挑高式羊圈設計和餵養方式，生為動物還是住在加拿大比較幸福。近年來有人一直攻擊現代養殖方式對動物太殘忍，加拿大想必也免不了，幸好我看到的總是藍天白雲下的牛群羊群。

我的小小白石莊沒有養羊，倒是雞養了不少，都由砂子一手打理，據她說，本來有九隻公雞九隻母雞的，最近新孵三隻小雞出來，這是母雞努力生蛋她努力撿蛋，一不小心漏網而被悄悄孵出來的意外結晶，而更意外的是她去買小雞飼料，店家竟額外贈送三隻小雞給她，我們家養的都是日本矮雞，店家送的是鬥雞，帶回來雖然母雞慈愛心起，無分彼此疼愛有加，我卻心中明白這下麻煩大了！

白石莊的雞無分公母，我們不曾宰殺過一隻，也不囚養，完全由牠們自在跑。釘了安全的雞舍偏不住，而是傍晚各找一個高枝飛上去棲在樹上過夜。我不知牠們心情，只能猜測這樣的日子一定快樂自在吧。快樂的雞才會下快樂的蛋，我們撿蛋吃，似乎也吃得出一種快樂的滋味，絕對不同於店裡買來的蛋。

在這滿眼綠意的園野，看著四十幾頭羊在陽光下的青青草地吃草，這畫面真是美麗極了，突然覺得生活中有這樣畫面相伴也是幸福。有一年我旅行到莫斯科北方一座小鎮，遇到一位牧羊的胖胖老太太，羊大約才十幾頭，靜靜在草地上吃草，她拿著長杆，也靜靜坐在一個大石頭上，默默照顧她的羊，那畫面非常之安祥美麗，我看得幾乎入神，忘了伙伴們早已在前方等得不耐煩。而今，在白石莊三百公尺遠的田野便有相同的美景，這便是一種生活中的幸福了。

我依著女兒所說停下電腦裡的工作推門到院子看月，白石莊位處偏鄉光害少，看星看月都特別明燦，一夜復一夜，我們常常從月如勾慢慢看到月圓再復缺，這些天我知道月就要圓了，其實也不勞女兒提醒。踏進草坪果真草地一片銀白，月色如華，真乃美景。

一年前，我們在屋後新添了一個小房間，名喚一坪居。建在一個經年閒置的位置，這位置很妙，兩面不曾涉足的樹林，林蔭覆蓋如巨傘，所以一天之中曬不到幾小時太陽，我們刻意把窗子開得非常的大，洗澡時敞開大窗迎向樹林完全不虞偷窺，頂多只有各式各樣的鳥和攀蜥、松鼠、蝴蝶、各種昆蟲會好奇的和我們隔窗相對。即使盛夏溽暑房裡也非常清涼，連冷氣都不必裝，這是白石莊最美好的避暑之處。

有月如此之圓，何不躺在房間欣賞月色呢？

一年來還沒買床，床的錢還在努力賺的路上，但沒床只在地板鋪上床墊又何妨？此時低角度看月，角度正宜。一整個大大的窗，將美麗月色完全攬進小房裡來，將燈熄了，房間逐漸明亮，大大窗景左側是樹影婆娑，下緣是車庫屋頂優雅的一百二十度角山牆，此外大大的空間留給了天空，和明月。

小房間的另一個方向正對一個小小園，植栽香椿、百香果和兩株水蜜桃，水蜜桃今春結果幾百顆，懶惰而只包了約三十顆，在逐漸成熟的時刻，松鼠一日來三回，驅趕牠只是好玩，牠根本不理會。

老來鄉居，一棟鐵皮屋，一群羊，一輪明月，幾隻松鼠，已然滿足。

一個小小稻草人

一個電視節目要做我的專題，製作人透過電話邀訪我試圖對我先有一個了解，我們約了在台北市東區一家美麗的咖啡館見面。

聊著聊著，她問起了一個話題：看我寫童話，少年小說，題材總是千變萬化，究竟這麼多的題材是從何而來呢？

我指指座位邊鑲在牆上的一盞漂亮的燈，即席說了一段這盞燈的童話，使她眩惑不已，也更好奇了。寫童話，真的就這麼簡單嗎？

當然不簡單。因為，你除了要有一個故事，還要讓聽你看你故事的人得到感動。好的童話要能感動人。講到這兒，讓我想起一個感動人的故事，就當做例子說給她聽。

那事就發生在這一邀約的前兩天。

我住在多倫多的日子，常習慣隨手買個小小東西，回台灣時送給好友。那趟回來，帶了個大約只十來公分高的稻草人。

這稻草人有一張掛著微笑的臉，很討人喜歡。看看上頭的標籤，寫的是中國大陸的產品。

我把它送給一對好友夫婦。他們驚喜的接受之後，要我講這稻草人的故事。

這從中國飄洋過海去到北美洲，又從多倫多的超市被我買回台灣來的小小稻草人，有故事嗎？當然有啊。

它是出自一位老婆婆靈巧的雙手的。老婆婆住在北京城郊的一個農莊裡，和小孫子相依為命。後來，小孫子長大了，去加拿大念書了，老婆婆天天想念著他。一面想念，一面編稻草人，小小稻草人，一直是乖乖孫童年最愛的玩伴，她想，總有一天，乖乖孫念好了書會回來，到時候這些稻草人就是給他的最好的禮物了。

「哇！好漂亮好可愛的稻草人哪！」好多路過的人都誇讚著。

一位路過的加拿大商人也看到了，也一樣發出了由衷的讚歎。

「阿婆，妳願意替我做很多很多的稻草人嗎？我住在加拿大，那裡的人一定會喜歡這麼好看的稻草人的。」

加拿大，加拿大是乖乖孫讀書的地方哪，阿婆的眼睛亮了起來。

編一個稻草人，加拿大商人要付給她一毛錢人民幣，只要手腳快些，總有一天可以編到足夠買飛機票到加拿大的錢呢。阿婆盤算著，就答應了。雖然她好不捨得這些稻草人。

就在床頭，吊了個大大的竹筒撲滿，她把每一毛錢都投進撲滿去，編稻草人的同時，在心裡也編著到加拿大去看乖乖孫的美麗的夢。

但是稻草人難編，阿婆也真是老了，編得她好累好累，一直一直編到她幾乎連舉針之力都沒有了，她還在念著：加拿大，加拿大。

最後一個稻草人的最後一針，沒扎準，扎在老婆婆的手指頭上，但她沒有感到一點疼痛，因為她再沒能有一絲絲的感覺了。

那指頭上淌下來的最後的一滴血，就沾染在這最後一個稻草人的胸上。

你們看，它的胸前不有一個小小的血漬嗎？

一口氣就把這故事說完了，最後面那一段，說得連自己都哽咽起來，說得太融入了。說完才發現女主人哭濕了一大團紙巾，男主人正在悄悄拂拭他眼角的淚水。

就這樣，寫童話嘛，希望能感動人心。曉得了嗎？我問這位年輕的製作人，聽懂了我的童話沒？聽懂了我寫童話的心了沒？但她沒有回答我的話，不知何時她也已淚流滿腮了。

一個稻草人，賺來三個人的熱淚，那之後我不敢再說這故事了。縱使希望人家能感動於我的童話，可不希望看到淚光閃爍。

有龜有鱉沒有時間和閒情

捉鱉

暮秋之夜，秋蟲唧唧，約莫十點半了吧，我和來訪的文友莊華堂、張捷明兩君坐在白石莊的小湖畔喝茶，談種種人間事，談興正濃，驀地見著小湖對岸樹草叢隙有一盞燈，緩慢移行。即回屋取出一支手電筒對射而去，對方卻無回應，依然維持著燈的軌跡時前時後徐緩挪移。

莊、張二人說，那不是小偷啦，小偷不會如此大方行走，小偷一定見了人便畏首畏尾藏藏躲躲。這話教我安下心來，三年前白石莊十天之內來了兩次小偷，偷走我十幾件畫作的痛，迄今還沒消退，因而見了可疑人事物總難免杯弓蛇影。

那燈慢慢朝我們方向靠近，靠到更近時，持燈人忽一聲：老師！還沒睡啊？我門口有一盞路燈，照射下看清了來人，原來是約莫三百公尺外一家小型精密陶瓷工廠的廠長。鬼鬼祟祟所為何來？

他進了來，一手持燈，一手拎個筒狀的白顏色塑膠桶子，外加一支竹杆撐著的簡易型廉價小魚網，向我們展示桶內物。兩隻體型龐大的鱉重疊在裡頭，另外還有大約十來隻蟹。

「老師，給你一隻鱉好嗎？這季節，很味美的時候呢。」

我慌忙搖搖頭。他繼續講著他的戰績，今晚出來半小時只抓得這些，前幾天出來只一下下就抓到了六隻。

怎麼抓法？原來這田溝被改成了水泥溝之後，鱉爬到溝裡就很難上來了，只要一個簡單的網就可手到擒來。就在這田溝裡，他還抓過眼鏡蛇和雨傘節呢。

這樣的話題頗難持續下去，站一陣子後他便告辭離去，晃著手中之燈，繼續在暗夜中巡梭。我也不曉得在他逛回到三百公尺遠的他的工廠之前，還有多少獵物。

這樣的獵捕行為，事實上也是一種生活方式，甚至是一種生活樂趣。只是我和我們家人都非常不喜歡。

這附近有各種爬蟲類，我很清楚，前些時候我們一位工人還告訴我，大白天一隻龜在馬路上爬，被車輾死了。何以曉得是大白天發生的事呢？她說，早上她騎摩托車來時，路上沒看見，中午回家一趟，就看到馬路上被壓扁扁的龜。後來我散步去到她所說的地點，果真看到了一隻扁扁的龜。我跟村長講，是否得立個警告牌，請大家把車速放慢點？村長說，立牌是不難，怕只怕有人見了牌，就曉得這兒有龜有鱉可抓，反而害了牠們。這樣說法也對，那以後我和家人開車開近了這一帶總會刻意放慢速度，和朋友送行，也會特別交代一聲。

曾去附近一位做漂流木再生藝品的友人家，臨走他的太太交代我們開車小心，倒不是當心路上有龜有鱉，而是「有三隻夜鷺，老愛在馬路中央散步」，我們車子繞出他家院子才二三十公尺，突然路中央啪啦一聲，驚起一物，車燈下驚鴻一瞥只見著一隻體型不小的鳥，想必就是她所說的夜鷺了。

萬幸我們沒撞上牠。

但我們沒撞，別人撞上的案子可多，附近村道明明道路狹窄，許多人還是愛開快車，老是看到鳥的屍體橫躺路上，教人看得非常難過。

我跟遠方的朋友聊這龜事鱉事鳥事，我說我常為這些小小事內心糾結，對方聽得哈哈大笑起來，他說，不但不該難過，還該覺得開心，以我住的桃園市此慘遭重度污染之境，還可覓得有龜有鱉有鳥的淨土且可居住其間，幸福呢。

原來幸福有此新解：見著鱉被抓去烹而煮之，見著龜出門散步鳥外出覓食而竟慘死輪下，也是一種幸福的象徵。

鳥兩隻

工作得累了便出門看看水看看樹看看鳥，住在白石莊，熟悉的園中一草一木，只要稍有變化便知一定又是什麼動物，或是昆蟲。

還沒出門從紗門看出去，小舟上橫著的篙的尾端，多出一小團東西，近來近視更加嚴重，覺得那是一隻鳥，卻無法判斷是什麼鳥，不像魚狗的顏色，只好轉身抓眼鏡，但相機比眼鏡離我更近些，就抓了相機來。偷拍。

然後從相機裡仔細欣賞這鳥，此時不擔心驚擾了牠而得以細細的看，一時卻叫不出牠名字，或許有空時我可以比對一下圖鑑。

在第二次推門出去時，又看到了另外一隻，剛剛要換羽的小乳娃，在千頭木麻黃叢下的雜七雜八東西上，看來是一隻小斑鳩。牠太小了，小得還不會飛，八成是風太大從巢裡掉下來的。

怎麼辦是好呢？遠遠的，在相距約五公尺遠的地方替牠拍幾張照片，心裡想著，母鳥應該會回來照顧吧？

然後是一陣努力工作，直到有人喊了一聲：老師！

是村長來了，他常帶了過期的麵包和饅頭來餵魚，他說，有鳥掉下來啦。我心裡明白他說的，想必他看到了剛剛那隻小傢伙，但今天電腦裡的工作實在太忙啦，只好漫應著：鳥掉下來，你總得想辦法啊。

將工作存了檔，出門去和他相見，那雛鳥已被他捧在手心，既然如此，我便存心賴定他：「這鳥你發現的，你該負責，抱回家養去！」

「不行啊，我最近非常忙，今晚協會有講習課程，過兩天要辦中秋夜活動……」

「你伙伴那麼多，請他們幫忙養啊，就只一隻小小鳥還難得倒你啊？」

他開始打電話，喬人手，看來喬得並不順利，抬頭尋尋覓覓，想找鳥巢的位置，想把鳥推回去給牠娘，卻沒找著，最後，匆匆離去，捧著那隻鳥。

我心一陣歉然，是該我負責的，卻偷偷把我的責任推給他了。我忙，他也忙呢，其實我是不是該把鳥抱回大園老家？家蓉家萱姐妹或許能分身一下幫幫忙顧顧鳥，但老實說，這鳥如此之幼齡，照顧牠的大事我實在一點把握也沒有。

就這樣，兩隻鳥佔走了我若干時間，卻也讓我得以從忙碌中獲得片刻的脫身。

昨天寫完上面這一段，今天下午，去八德市評完全縣兒童文學比賽之後返白石莊，遇著村長，問他：鳥養得好嗎？

「還是讓鳥媽媽照顧比較好啦，我怕把牠養死了，昨晚講習課程間問大家，也沒人敢收養，所以今天一早就送回你這兒了。」

他引領我去看，果真昨天那小傢伙安穩的棲在一株矮種芭樂上。旁邊，高大的烏臼樹上一隻斑鳩媽媽見了我們靠近，立時發出警戒聲。

我們悄然離開，我心中覺得很愉快，有媽媽的小小鳥真幸福！

愛很簡單

去擔任全縣社造年終報告評講老師時，因到的時間早了，便登上會場旁一口大大的池塘上，欣賞著雲影天光和水色的交會。雖然桃園池多，池畔難得有美麗天際線可賞，就看看天空和水吧，晴雨四季，天空和水總會是萬般美色。

看見池中央有一座極小的浮島。這可稀奇，有誰會想到在水中設個浮島呢？不但有了風景，一定也讓一些水鳥因而有了很不錯的棲息地吧，真是貼心的設計。

欣賞著島的時候，左邊，水中出現了小小黑點，真是隻水鳥，太遠了，難以辨識，但水鳥就是水鳥，認不認得倒也無妨。此時牠正緩緩朝島的方向游來，陂塘不大，對牠來說，也頗有距離了。

忽的看見右邊也有個小小黑點，是另一隻水鳥，一樣朝著島的方向游來。

慢慢的游，目標明確的游，終於，兩隻禽鳥會合於島前，意外的是牠們不為登島而來，而只是為相會而來。相會之後，一塊兒轉了方向，比肩游向島的另一面，消失於島的後方。我看不到了。

這樣的約會，事先可曾有約？還是遠遠見了對方，便極有默契的朝彼此的方向前來？我沒聽見牠們的鳴叫呼喚聲，因此推斷牠們若非有約在先，便是見了之後依默契而行動，從兩個最遠距離的岸朝湖水而行，各游了一段長長的距離，非常公平，沒有誰追誰所以誰得游遠距離誰可享有不費力氣靜靜等待的特權。

愛就是如此簡單。真有愛情，真心相愛時是沒有特權的，沒有因為誰佔有優勢便得以享受被追求被獻殷勤的特權，誰相對弱勢就要百般出力萬般努力。動物比人更真心，哪像人類依對方條件定主從之勢利眼。

愛很簡單。人很複雜。

誰築桃園石滬群

南石滬、北藻礁，住在白石莊，幾公里距離便可賞得全台灣最精彩兩大沿海景觀。

夕陽西下而又逢退潮時，看桃園石滬最美。

最近半年來才曉得，原來全台灣海岸線中，目前猶然存活的最大藻礁群就在離我們白石莊一公里遠的新屋鄉最北端的海岸線上，南北縱深約四到五公里。早年整個桃園海岸線都有藻礁，形成海岸最堅強的捍衛者以及最精彩的生態鏈；而今北桃園藻礁群被工業廢水荼毒死亡殆盡，天可憐見，為台灣留下了這小小一大片。

看藻礁已看得很是歡喜，沒想到又出現了美景：有別於藻礁的天然生命群聚體，居然出現了純以人工築造的另一種海岸景觀：石滬。位於新屋海岸線的南端，和我們小小莊園間相隔著的，就是夏蟬唧唧，冬風瑟瑟充滿四季之美；假日鐵馬大軍嚴重塞車，非假日則又萬分清幽難見一條人影的新屋綠色隧道。

桃園有石滬，而且「現役中」，未免令人興奮。桑田會變滄海，滄海也可能又回復桑田。夕陽下看新屋這些年代久遠的石滬群，即使沒有澎湖滬那般大氣壯觀，卻也另有一種美感。卵石疊砌當然無法疊出澎湖硓砧石、玄武岩那種高大滬堤，但這兒蚵仔長得好，蚵殼重重疊疊依附形成了堅固的保護層，卻也是萬般精彩的在地特色。新屋沿海有蚵間、蚵殼港等等地名，蚵間國小是美得讓人心動的小學，最近一個月中我便去做了兩場專題講座，兩次講罷都不想走人；在新屋，蚵仔和石滬共同譜出了地方特色石滬群。上了石滬的堤，隨手用汽車鑰匙一挖，就有鮮美的蚵仔，個子雖小，滋味不遜加拿大生蠔。

據老一輩人家說，漢民族移墾新屋之前，這些石滬就存在了，如此說來是更早期原住民的傑作了，漁民口耳相傳終究不成為信史，因而石滬群依然充滿了神祕。

誰說北岸十八怪

我為社區上的導覽解說員培訓課程告一段落了，在連著四星期每星期一堂的室內課之後，接下來，星期日全體學員就要輪流拿著麥克風，站在永安漁港，在大庭廣眾之下進行隨機解說實習。在我的課程結束之後，另外還有兩位老師接棒，十月間完成全程訓練之後舉行授證，就此完成解說員初階培訓。

第四堂課，由於是上火線之前最後一堂，我刻意把兩小時的「在地綜覽」課濃縮成為一小時，騰出時間讓他們預習一下拿麥克風的感覺，雖然全體學員中有多位目前已具有解說員身分，頗具實務經驗，畢竟絕大多數都是新咖，我知道如果沒有學好戰技就硬行將之推上戰場是教官的殘忍，我絕不忍心如此做。

原以為大家面對麥克風必然會客客氣氣一番，殊不料竟演變成了搶麥克風的場面，使得我不得不一再延遲下課時間，這真是太意外也太令人驚喜了！

我的在地綜覽課程中有一段是自己編出來的「北岸十八怪」，希望學員能舉一反三，自己去尋找、論述自己的解說內容。現在在這兒晾晾，讓以後前來永安漁港北岸旅遊的朋友們開心一哂。

我的北岸十八怪如下：

一　蟻獅築沙漏　沙丘上有趣的蟻獅生態

二　無猴有板凳　雖沒有猴子，林中卻有許多猴板凳

三　和尚遍地跑　招潮蟹，和尚蟹如潮湧

四　魚兒直跳腳　河口彈塗魚很多

五　白鷺鐮刀嘴　埃及聖䴉長相還真怪哪

六　瓜子水中撈　海瓜子一撈便有

七　大筆寫河灘　水筆仔成林

八　小花借枝開　菟絲花處處長，處處開花

九　一溪十八隔　新屋溪出海口水域流刺網遍布

十　拖網不撈魚　捕鰻苗的情形

十一　蠟燭河中點　水蠟燭風情美
十二　相擁非相愛　恐怖的植物絞殺行為
十三　笨鳥不會飛　北岸涼亭頂端以鳥為裝飾
十四　寵物受屠宰　動保園區，動物墳場
十五　電扇排排隊　風力發電機群
十六　老人站高台　北岸公園老蔣總統銅像高高站
十七　海藻變石塊　千年藻礁群奇觀
十八　哨兵泡大海　座座碉堡沉陷海中

書的回家之路

因為空間總是有限，因而幾乎所有的圖書館無分規模大小也無分公立私立，每到某一個時候總得淘汰掉一批藏書，以騰出空間容納新書，這是沒有辦法的事。

淘汰書的時間到了，有的是直接叫了貨車來，讓工人把書丟上車，載到紙廠溶成紙漿，再製成紙，讓書展開下一輪迴的生命，有的則會開放給愛書人先去尋撿，真正沒人要的才送回收場去。

我二〇一二年在永安國小的一百七十節課的最後倒數日子中，碰到了圖書館清理舊書的日子，我得以有機會從裡頭挑撿一些我想要的，這一挑，不得了啦，幾乎每一本我都想要，來來回回搬書上車，搬得兩隻手臂都要癱了還捨不得停。

在許多舊的而要淘汰的書裡頭，我發現了好幾本我自己的書，和我一同利用下課時間擠在書山書海之前挑挑撿撿的幾個小朋友，好奇的想看我想挑走的是什麼，我就順手把我的書送給了他們，看他們欣喜若狂如獲至寶的神情，我也只能想著：或許平常上課太忙，進圖書館的時間太有限，竟錯過了他們喜歡的老師的作品了。

但有一本我的書，我只准他們當場翻翻，這一本我不轉送，因為它於我而言太過珍貴，遇到它很難得。

版權頁上記載，它出版於二〇〇〇年，編號為邱傑作品集②，既然如此，理應還有作品集①，或③、④……了？

出版於十二年前之書，如今走了好遠旅程，竟然回到了它的主人之手，回到了我的家，這裡頭不知承載了多少故事？看它雖是厚面精裝本，邊角和書沿都已磨損磨禿，不知經歷過了多少隻手的觸撫翻動，不知接觸過多少雙眼眸的瀏覽閱讀？可惜這書上沒能裝上一個紀錄器，記下一路走過的旅程，那肯定會是一本比原書更厚也更動人的故事。

二〇〇〇年，我從服務單位申請提前退休之後的第三年，那時體力充沛，創作能量驚人，退休後只三年就舉辦了幾場畫展，出版了幾本書，這一本是其中之一，這一本擷自當時還在《人間福報》連載的一個專欄，同一時間我在不同的媒體有幾個不同的專欄，這個專欄是我耕耘最勤用功也最深者之一，以畫石頭為題材，在一顆顆不相同的石頭上，依據它們天然的條件，彩繪上三五筆，把它的祕密呈現出來，甚至，把它的靈魂叫醒過來。出版社的編輯看到那專欄頗有共鳴，連絡上了我，因而出版了這書。

記得和這一家出版社的初接觸讓我留下了極佳的印象，工作同仁客氣有禮，討論細節認真而內行，在進行這一本書的出版作業時，他們忽然問我，可還有其他作品？我當時手邊想結集出版的散文至少有五、六本的量，小說也有兩本的字數，我把稿子送了去，他們大大開心，有相見恨晚之慨，因而擬定了系列出版計畫，也因此這一本畫石頭列為編號之②。

編號之①是我一本小說集，那也是迄今我所出版的唯一一本小說集，錄有我約四十篇那一兩年之內發表於海內外報刊副刊的短篇小說。

讓自己開心的是這兩本書都得到了不錯的評價，出版社的人三不五時和我分享著許多快樂的消息，只惜快樂沒能持續多久，幾個月後噩耗傳來，出版社負責人受到一個業外事件所拖累，出版社無辜的也受到牽連而不得不停止了運作，讓我感激也十分感動的是在大難中他們不忘和我一一結清版稅稿費，沒有讓我受到任何損失。

那之後，光是畫石頭作品，我另外陸續又在不同單位出版了七種之多，我的各種出版品到現在也累積多達七十多種，但我和這家出版社的合作機緣如此之短暫，無寧還是一件遺憾的事。尤其，我竟再也無法從書店裡買到我的書了，我後悔一個錯誤的習慣教我犯了大疏失：凡是家裡有兩本以上的書，我總會隨手送給喜歡的人，沒想到這第一本的畫石頭竟被送光光，成了遺憾又一樁。如今意外得回，真真驚喜之至。

從永安國小搬回家來的淘汰書，一時沒位置可供存放，一個多月來一直委身白石莊鐵皮屋一個小小角落，雖然無礙取閱之便利，畢竟那不是一個合理的容身之處。在我們鐵皮屋裡用以擺書的位置已非常之大也非常之多了，多到許多半陌生友人進了來都會驚奇讚歎：果真是一位愛書之人啊！但即使如此，還是有書難容身之時，因此我再怎麼愛書，對圖書館定期清理舊書，也充滿了理解和體諒，且以自己為例，難不成為了不斷增加的書我還得再蓋幾棟鐵皮屋？

擁有讀不完的書曾是我少年時期大夢之一。如今遇到的竟不是讀不完，而是擺不下，夢想盈溢，這也真是人生之意外。關於愛書多得擺不下的事，讓我又記起來一件故事：有一天我們去到一家廢紙回收場，驚喜的發現紙堆如山的某一處「山坡」，堆疊了至少有一萬本的漫畫書，天哪，那些書舊是舊了點，卻都是極其精彩的當代大師之作，而且都是成套成套的，這下我至少幾年也看不完了。我們拿了舊報廢紙來賣給回收場，每公斤大約只三塊錢五塊錢，如今我們將這些漫畫書搬上車，到過磅處秤一下，帶走之書同樣每公斤也只三塊錢五塊錢，換算一下，每一本我心愛心儀且心嚮往多時的精彩漫畫書，每本或許只要幾毛錢，我開心得立刻衝下車，登上「山坡」，開始搜撿尋寶，在每一本都是寶的寶山上尋寶。

幫我開車的砂子只靜靜看著手舞足蹈的我好一陣，然後問了一句：我們家，有這麼大一棟書的倉庫嗎？

一句話澆醒了我，現實是如此，只好無言下了山，上了車。一路思考的是：安得廣廈千萬間，大庇天下寒士及無所歸之千千萬萬本書……

那一天遇到的書無一本得以隨我回家，我將它們留在廢紙場，想必它們早已成為紙漿，成為新生之紙，化為千百種身形進入千百戶人家，只我這痴情痴心人，迄今久久未能遺忘。

為自由跳樓的狗

我們到明德水庫露營，發現那裡的流浪狗好大比例都是三隻腳。

露營區的老闆娘很愛狗，告訴我們，有一位愛狗人對這個最清楚，因為他天天繞著水庫餵流浪狗，幾乎每隻流浪狗都認得他，而他也幾乎認得每隻狗。

果然在露營的第二天早上便遇到了這個人。他沿著水庫大湖一路餵狗餵到這兒，順便歇歇，喝杯茶，休息休息才繼續工作。我趕緊趨前，問他關於狗的事。

此刻約有七、八條狗圍著他，當然其中不乏三隻腳的。很奇怪聚在這兒的正好都是黑狗，牠們幾乎都視這個露營區為家，昨天我便發現到了。

其中有一條特別醒目，全身一樣是漆黑油亮的黑色毛皮，但四隻腳卻有如穿著白襪子，長著白色的毛。

話題便從這隻白色腳的黑狗聊起來，這一聊，不得了，有催淚故事的。

明德水庫周邊都是山林，生態環境還非常良好。有沒有石虎雖然不清楚，但遇過的穿山甲身長幾乎將近一公尺長，獼猴也多。山羌以前是人們追捕的對象，後來發現只要獵了一頭母羌，成群的小羌崽往往統統餓死，人們不再獵捕，因而族群漸多。而現在，大家最喜歡抓的是山豬。

大名叫做王錫鑫的六十二歲愛狗人，娓娓述說著他熟悉的明德水庫，以及他和狗的故事。

他家住在頭屋交流道往明德水庫路上，二十多年來，朝水庫方向跑是他每日行程，朝交流道方向反而稀少，上交流道可回他台北市的老家，他是台北市人，回台北往往只是待個半天便牽掛著水庫的狗，也逐漸對台北城市生活難以適應，覺得「還是住鄉下自在」。

來苗栗之前他和朋友合夥開設球頭工廠，就是做高爾夫球桿那個桿頭，生意做大了，卻拆夥了，他拿了分得的一份前來苗栗過鄉居生活，在明德水庫湖濱一家高爾夫球場當桿弟，一當二十年，兩年前才退休。而水庫附近流浪狗多，餵流浪狗也成了桿弟生涯最重要的「副業」。回首二十幾年餵狗歲月，只缺席過一天，那天因有家事而沒有和狗朋友們約會。

人們獵山豬，在山區設陷阱，山豬一踩到便被倒吊起來，狩獵者三天巡一次山，大致上山豬是還沒斷氣的，奄奄一息更容易卸下來屠宰。而這陷阱本為獵豬而設，最大宗獵到的竟是狗。流浪狗山區亂闖，一頭一頭中招。狗被倒懸在繩索上，三天後縱使不死，一個頭也因充血脹得兩個頭那麼大，獵者將牠放下來，只剩半條命，當然一條腿也廢了，這便是明德水庫到處都是三腳狗的由來。

有著白色腳的黑狗，被王錫鑫和露營場的老闆娘、員工都稱做「菱白筍」，菱白台語諧音腳白之意。菱白筍天生一定是一條有教養的狗，絕不與狗同伴搶吃的，餵食時一定靜靜候到同伴們吃飽才上前，安靜吃自己那一份。其他各種聰明舉止，更是不勝枚舉，極得寵愛。

菱白筍也是一隻陷阱餘生的狗。幸運的是繩索只套到牠左後腳的腳趾，掙脫後哀號逃下山，鮮血淋漓，王錫鑫將牠送醫，仁慈的獸醫堅持不要截肢，如此終於保留了完整的四肢，只少了腳趾。

接下來便是傳奇的開始。

正在受傷醫療的時候，一對騎著哈雷重機環島跑，也發願環島照顧流浪狗的年輕人路過，憐其流浪命苦，將之帶回台中照顧。雖然兩人非常善良，但畢竟還得工作，還得外出，外出時，茭白筍就被獨留在他們的辦公室了。

有一天，辦公室空無一人之際，牠竟朝窗外縱身一躍。

這辦公室位於四樓，牠並不是不知道，或許是想念山林的日子想瘋了吧。

鄰居一家小7驚見這一幕，立刻電話通知，兩人火速趕回辦公室，發現牠已躺在血泊中，一動也不動了。

兩人將牠火速送醫，檢查發現幾無外傷，滿地鮮血是自口中吐出。奇蹟的是雖然內傷嚴重，居然沒有斷氣。

整整一個多月的療養，天天打點滴、給藥，終於活了下來。

王錫鑫不時前往醫院探望，而兩位年輕人對此更是自責不已。雙方長談之後，決定讓茭白筍回到明德水庫來。十幾萬元醫療費，王錫鑫想分攤一半，卻被兩人婉拒了。

那麼多年以來，王錫鑫花在流浪狗身上的飼料錢不計其數，「太太可會抗議？」這令人好奇。他說，他太太比他更愛狗，太太小他八歲，疼狗比疼他還疼，家裡已經養了七條流浪狗，空間小，也怕影響鄰居安居，不敢多養了。飼料錢當然是極大負擔，常常在打折時才買，精打細算能省多少是多少，偶而買了雞腿回來煮，煮好細細撕開給狗加菜，兩夫妻往往只有喝湯的份。太太現在也在當桿弟，他們最大的心願是有朝一日，設個流浪狗之家，照顧更多苦命毛小孩。

今天的茭白筍，在遊客面前活潑奔跑，山光水色的自在大地果真是牠最愛的家。當然，想必牠和所有三腳伙伴們都一樣，再也不敢朝山上跑了。

又見白鼻心

五年前，我們白石莊正準備建鐵皮屋農舍，有一天我們從大園老家來到工地，猛一看，路上竟躺了一頭剛死去不久的狸貓，好大一隻，從頭部到尾巴怕不有一公尺多。狸貓就是白鼻心，看牠體型碩壯矯健，看來還十分年輕，竟死了，讓人難過也費解。或許牠是慘遭蛇吻死於劇毒吧？這麼大的白鼻心，這裡除了毒蛇，理應別無天敵。

我們為牠立了個簡單的墓，算是送別牠這短暫世間之旅。

這事除了讓我們為狸貓的死亡原因感到不解，同時更好奇的是，狸貓從何而來？

五年過去了，在這兒最常見的哺乳類動物只有松鼠，或許也有愛鑽地的某種鼠類，因為有一陣子院裡老是出現一條條潛洞。

一直沒再見過白鼻心。

昨晚，十一月十四日的晚間十點多，朋友李仁富老弟開車前來，一下車，激動的口氣說，他險些撞上一隻白鼻心了。

在哪兒？

就在那路上，遙遙一指。那兒有叢林，我曉得是許多動植物的小小伊甸園。

他說，車燈一照，突然馬路上閃過一隻比貓還大，尾巴蓬鬆之物，鼻上一道朝背上長的白色的毛非常明顯。

幸好沒撞上！我大大紓了一口氣，感謝老天爺悲憫沒教慘劇發生。

最近一些政客又放出了航空城的議題，搞得整個桃園市人心浮動，我們大園老家附近，一坪農田一萬塊都不合理，現在是十萬元起跳。十萬元的農田能種出金塊不成？哪有農田這樣行情的？即使有一天政府來征收土地，肯花十萬元買一塊田去搞航空城？那一座航空城搞起來豈不是要花幾兆元了，這政府有這般財力去買？有這腦殘邏輯思考去買？偏偏大家猛炒特炒。大園被炒爛炒爆也罷了，賣了地的大園芳鄰人家，拿了錢趕緊到別地方再買一塊更大塊的地保本，搞得處處都是地價上漲，有如連環發財夢，或是噩夢。

於是，像新屋這種人口年年外流的偏遠小鄉，農地也被當作標的了，只要見著某一塊綠意盎然林木蓊鬱之地突然怪手轟然駛進，一陣摧枯拉朽，半天化為末日景象，便知這塊地又易了主人，又被炒掉了。原來炒地皮就是這個樣子，把土地炒得枯焦。

白鼻心，以後還有多少棲地可躲可藏呢？

記掛著白鼻心，二〇二一年我竟以白鼻心為題遍訪桃園海岸線，撰寫了一篇一萬五千字的報導，拿到鍾肇政文學獎報導文學類的副獎，這倒也譜出了我和白鼻心的一段另類奇緣。

苦哇苦哇的戀歌

白石莊裡外鳥多得不得了，夜晚聽著鳥聲入眠，白天任何時間也都有鳥鳴鳥唱，忽遠忽近，忽清亮高亢忽低沈沙啞，忽簡單短音忽婉轉起伏，聽久了已稍能辨識其中若干種類之聲，但仍有更多尚未能聽音辨鳥，聽熟了的都還常常不知其主是誰其名為何，何況還有不曾聽過的新聲音三不五時加了進來，因此視自己的鳥常識鳥知識兩皆淺薄為自然，不以為憾。

鳥種不同鳴聲各異，總都悅耳怡人。眾鳥族中鳴聲最是教人不忍聽聞者唯有一種，叫聲只二音節宛若人類苦哇之兩字。沒事叫聲苦哇已教人不解，卻是連聲叫苦不絕，往往一持續便是數十分鐘不停歇一下喘一口氣，甚至一叫從白天叫到天黑，從暗夜叫到天明，就這麼苦哇苦哇苦哇苦哇苦哇苦哇苦哇苦哇苦哇叫不停。

我認得，牠是白腹秧雞的聲音。我也曉得牠不是在叫苦不已，牠是在唱情歌，在求偶。

秧雞之屬總多生性害羞怕人，因而不常見得到。害羞怕人的原因想必與牠的體型結構有關，所有的秧雞幾乎多不善飛，體圓身短，翅膀相對更顯比例短小，平時躲在草叢、水澤深處密處覓食生活，遇著外來危險逼近即迅速驚起飛逃，但多半也只能小飛一陣短距離即行降落，隱遁於另一處草叢深處。如此不善飛的鳥，當然必得養成警覺性超強，外加成天藏藏躲躲的習慣了。常見的鳥如麻雀、家燕、白頭翁、鷺鷥等等，體型各有不同，翅膀強而有力，起飛快速且能持久飛行是共同的特性，難怪離人離得那麼近，三公尺兩公尺距離鳴唱跳躍而不驚不懼我行我素，有恃無恐嘛。

白石莊小湖中留了個小小土堆，名稱為「島」，卻是全世界再也找不到第二座的超小型島，小得大約只有兩三坪，島上雜草沒膝，小湖蓄水之前尚曾上得小島一遊，蓄水後長出雜草前也還曾划船登上自稱島主顧盼一番，此後再也不曾登島，除了擔心有眼鏡蛇、雨傘節咬人，另一主因更是這小小一座島，裡頭常有祕密事件發生，它是秧雞類鳥兒們築巢之所在。

先後在這兒築巢育雛的秧雞有緋秧雞、白腹秧雞，也常有紅冠水雞來。奇的是牠們總是輪番前來，不曾見過一次容了兩個家族的，莫非這也叫「一島難容二鳥」？

所有的秧雞多半靜悄悄進住，孵卵、哺育幼鳥、教授游泳和飛翔，獨白腹秧雞一族成天苦哇苦哇叫，偏偏叫聲還特別響亮，棲在兩百公尺之外的鄰家水田上叫起來一樣突破我家雙層隔音氣密窗，平時不覺其擾，一旦事多事煩，便覺其聲真真擾人至極。砂子有一回被吵得真是受不了了，隨手拾起一石，朝聲音響處擲去，瞬時鳴聲戛然而止，我擔心是否真一舉命中了，這樣的擔心並非過分，就曾有一次我們全家去南投北港溪邊泡湯，見著園林蔭下小池有一隻青蛙露了個頭，我指給家裡幾個小朋友們看，他們怎麼都看不清，我只好拾起一顆小石，隨手一擲，天下就有如此神準之事，小石頭竟當場命中青蛙的頭部，嚇得牠立刻下潛而逃，也嚇呆了我，有如初次登場打高爾夫竟演出了神奇的一杆進洞。

苦哇苦哇苦哇叫不停，如果不要依著人間詞彙去做無謂聯想，單純想著牠是在唱情歌，很浪漫的唱歌給女朋友（或男朋友）欣賞，引得對方尋聲前來，共譜戀曲，同築愛巢，自應視為大自然界美事一樁。只是，這戀歌也未免唱得太長也太久了吧？追女朋友有這麼難追的嗎？人間早已流行速食麵戀情，甚至連戀與愛都免了，直接跳過戀與愛而去行結婚之實了，鳥類卻還非得遵守古制古禮不成，唱首情歌要從日出唱到日落，從天黑唱到天明，是鳥兒不知變通？還是人類失去了浪漫與耐心？

苦哇苦哇苦哇，這戀歌唱得多認真，唱得多美好。求偶總是如此，我也常見著其他鳥族之求偶，一隻烏秋的求偶過程有多繁複我曾見過，一隻常見的麻雀，要贏得伊人芳心有多費精神我也見過，我們用求偶二字來形容動物迎春探春之旅，用談戀愛來形容人類自己，我們自以為高動物一等，動物之戀只不過是在求偶而已，比不上萬物之靈的人類懂得唱情歌不足，懂得獻殷勤不夠，還得送一百朵花，還得送白色巧克力，還得一天一封伊媚兒，半小時一個即時通外加二十四小時待命隨叩隨應之臉書、簡訊、手機、視訊，如果還不足，還得名牌包，還得克拉克拉一下，還得學孔雀之炫耀尾羽之一番炫富行動，我們如此大費周章去求偶——不，說錯了，去戀愛，可惜人間反而偏多怨偶，可歎種種繁文褥節圈不住真心真愛與真情，可悲的是往往難與動物一旦求偶成功必也真心真情廝守一輩子。牠們不會舉行超級世紀大婚禮，牠們不曾舉手或揮翅來立誓簽名用印，牠們竟遠遠比我們禁得起考驗。啊，我們！

不喜歡聽苦哇苦哇苦哇，認為其聲悲愁也罷，認為吵人太甚也罷，有得聞見苦哇苦哇之聲，其實在如此污穢骯髒又擁擠的現代人類所棲環境中是難得而珍貴的，是一種幸運與幸福呢。非得環境尚可，水源與食物來源尚存，天敵（最大號的天敵其實是人類）尚少之地，方得聞見苦哇苦哇苦哇之聲。理應如是想，方不至對人家的戀歌起不耐煩心，起胡思亂想而自愁自苦之無謂心。

從蛋到鳥的距離

1

發現了一個小巧玲瓏的巢，是綠繡眼的。怎動作如此之快，才幾天沒注意就出現了。

小巢築得精緻，但何以築巢於此呢？距我的落地大窗才一公尺多，而且築在一枝海桐樹枝條末梢，彼處枝條瘦細，隨風搖曳，上頭也只有一小撮葉聊供遮避……，思索著這樣的問題，終於想通了，鳥巢築在瘦細的枝條末梢，可避過許多天敵。這一片樹林裡有松鼠，有攀木蜥蜴，還有蛇，牠們會偷蛋甚至吃鳥，枝梢細軟，牠們不容易爬近。

寧可近距離挨著人居築巢，我讚美小小鳥的智慧，也感受到牠們不太懼怕人類的一絲欣慰，這可是十多年來努力貫徹對野生動物不侵不擾的堅持才換來的信賴。

再仔細觀察，發覺了巢位選擇有著很嚴重而且必將帶來後患的問題。牠們築巢築於風和日麗而又好一陣子沒下雨的日子，千思萬慮就沒算計到雨天，那個位置正是下雨時屋簷雨水之墜落點，小雨時簷上落雨將匯成小流，大雨更是嘩然如瀑，這瀑布將直接灌上鳥巢，這麻煩大了。於是悄悄開門，躡手躡腳靠近，用細繩將樹枝朝內拉約三十公分，細繩一端再牢牢綁在一張椅子上，回屋觀測，發現這樣即使大雨屋簷下來的水柱也沖不到鳥巢了。

「你去綁樹枝，看到鳥窩裡有蛋嗎？」妻忽然一問。

啊，我怎麼沒想到呀？

她只好再次開門趨近，趁著此刻親鳥不在巢，回來喜孜孜給我看她的照片：一顆小小的淺藍色帶著斑點的蛋，安穩穩擺在巢中央。

2

經此騷擾，巢的位置已隨枝之位移而產生變化，加上我們二度接近，非常擔心牠們是否棄巢他去？膽小的鳥往往對環境的改變極其敏感。

幸好一天之後喜見親鳥回巢了。卻不久留，未幾又再離去。

接著又有了機會再次趨近觀察，巢中鳥蛋不知何時又多了一顆！

再幾天，又添一顆。證明親鳥沒有棄巢，而且接下來看到牠在巢中時間拉長了，原來是雌雄一對，輪流孵護。

牠們的分工很完美，一隻回來換班時都會先停在一公尺外枝上觀察、呼喚，巢中的另一隻隨即飛離，把位置讓給接班者。

偶而看見兩隻親鳥同時擠在巢裡，享受一下短暫的恩愛，巢中傳出一陣輕微的唧唧聲，非常動人。

三個蛋，何時可以變成三隻小小鳥呢？

3

看到了巢位選擇的大學問帶來的避險價值。

松鼠在離巢一公尺多的一棵烏臼樹幹上窺伺再三，而巢中親鳥文風不動，牠曉得松鼠雖然善於攀爬跳躍，跳過一米是輕而易舉之事，但跳過來以後因著陸點的枝條太細牠將無法抓牢站牢，肯定是會跌下去的。有一回我就看到一隻母松鼠帶著三隻小松鼠出來，走最後面那隻小傢伙玩著什麼，忽然失足跌落下方樹叢。另有一回我坐在山佳火車站前簷下，也意外看到一隻蜥蜴從榕樹上摔下來，重重跌落樹下的鐵皮車棚棚頂發出碰的一聲，小傢伙似乎跌得暈了頭，楞了好一陣才尷尬離去。善爬的蜥蜴居然也有失足之時，教我啞然失笑。

松鼠不懷好意探視綠繡眼的巢，都只看看便走，小林中可玩可吃之物太多，松鼠未必非冒這個險不可。同樣的，幾隻攀木蜥蜴常常在附近繞巡，想必也因巢位枝頭太軟而不敢冒進，蜥蜴也有本領在枝頭與枝頭間跳躍，但從烏臼樹跳躍過來風險不低，沿著海桐的主幹一路爬來，也有從末梢枝條摔下去的危險，因而也沒什麼行動。

林裡有較大的鳥，白頭翁最常見，夜鷺、紅嘴黑鵯、喜鵲、五色鳥都有，有一次我們還看到一隻鳳頭蒼鷹並為牠拍下了驚鴻之一瞥。大鳥會不會侵犯小小鳥的巢呢？夜鷺無所不吃，是肯定會的。幸好夜鷺都只棲在林中央，不曾靠我們小屋近處過。

觀察綠繡眼抱蛋成了在玻璃大窗裡享用早餐、下午茶時之視覺焦點和話題之一，驚悚的是早上竟還看到一隻貓！牠被人家野放後儼然已變成野貓，我曾親見牠吃掉了小鳥而留下一地羽毛，此刻牠靜靜蹲坐椅上，蹲坐處距巢只一百公分許，如果牠要蹤身一躍，絕對可以直接撲到鳥巢，甚至同時咬住親鳥，貓的出擊出手如電教人迅雷不及掩耳。我看著牠，牠也回頭看到了我，似乎心中鬼計被我所識破，不久就下了椅子往林中去。但我不知道牠會不會再回來，我無法預料也無法日夜捍衛小巢。我唯有期待小小鳥快快孵化出來，快快羽毛豐滿學會飛翔。身為一隻鳥，真乃危機四伏啊。

從貓和巢的距離不過百來公分，從蛋到變成鳥的距離，可還真是冗長。

消失的存在

日子過著過著，一不小心，我的通訊資料裡就出現了一位不能再繼續通訊的人。有時甚至幾天中連著出現好幾個，心情頓時低潮。

以前我總是隨身帶著一本小小電話簿，因為在跑新聞時常有不時之需，隨時得掏出來查覽上頭的電話號碼。在沒有手機以前我往往就站在公用電話機前翻簿子查號碼，藏在褲袋裡的電話簿被翻得都快破了。

有些單位散發的資料上也附有電話號碼簿，詳列機關裡的主管員工姓名職稱加電話號碼，甚至有的還加上了通訊地址、出生年月日、進入機關年月日，在今天的眼光來看，那簡直就是一份「個資大全」了。有些單位開會往往也會附著資料，附上相關董監事工作人員、或全體會員名單、全體幹部名單。這些另類電話號碼簿抄錄麻煩，只好撕下來擺進隨身包包裡，一樣帶著走。這是職業病，當我急須找一個人時，幾分鐘裡查得到他的電話，往往決定這則採訪是否成功。

於是我的載有電話的簿本名冊越積越多，形成一個迷你版的隨身資料庫。幸好我的大腦中藏著一張尋寶圖，我總是能夠很快便知道要查哪一個人的電話，必須從哪一本或那一張資料中找，屢試不爽。

這是手機出現之前的故事。

當手機逐漸普及，功能日益完善之後，電話簿從紙本版逐漸變成資訊版，記載進手機資料庫裡，隨查隨有，確也方便。

但我仍然不敢捨棄紙本，手機也罷、電腦、平板也罷，在下一秒鐘無預警失去功能是曾經有過也絕對避不了的使用者之噩夢，紙本相對可靠太多。

有了方便的手機版電話簿，紙本則成為備用版，功能除了備分，只偶而提供翻查一下尚未載入手機的老友電話而已。此時出現了驚悚，也才多久沒有翻這本破破爛爛的老電話簿而已，第一頁怵目驚心的就出現了兩位已然離去之人，再翻頁，這裡冒出一位，那裡冒出一位，整本簿子，不能再相見的友人竟是如此之多！

早期，出現的消失者只有一位，當第一位朋友離開時，心中非常不捨，也非常掙扎，這位朋友既已離世，留著電話資料已無意義，理應刪去，卻有下不了動手將之刪除的心情，於是就留下了。接著出現第二位、第三位……

老舊的紙本電話簿至少已是十年前之物，而十年前啟用這本電話簿時大部分資料且是直接抄錄自上一本，上一本也有不少抄自上上一本，換句話說，雖是十年前之物，所列名單卻有二十年、三十年、四十年前即已謄載其上的朋友。當然隨著朋友換電話號碼、換手機，上頭那一串阿拉伯字也是刪刪改改塗塗抹抹，有的難得從一而終一直用一個電話，大部分都已改得面目全非。最早期桃園的電話只有三碼，桃園一家老牌計程車行電話「617」號，公司乾脆命名六一七計程車行。後來全市號碼增長，從三碼改為七碼，增加四位數走了幾乎五十年。

頗有年代的電話簿上所載人名及電話，自然逐年而逐漸變得頗有年紀，離世者日多自所必然。只是見到離開者竟然如此之多，睹之仍難免為之神傷。

更不堪的是手機上附有電話簿功能也才幾年，手機上的名單、以及新興的ＦＢ、ＬＩＮＥ、ＩＧ等社交網站上頭的連絡人名單竟也出現凋逝者！莫非我的年歲已高，同儕友人年紀相對跟著同步提高，才出現如此逝者匆匆的現象？想必十幾二十歲或是二三十歲青少年使用的電話簿、社群網站連絡人名冊絕不會出現這樣的頻繁消失現象吧？最痛當是像我如此年紀之人的手機中，竟也有二十歲之齡的連絡人消殞而去，青春年華驟然離去，能不令人扼腕？

記起年少時在學校裡學來的一首歌：

時光飛逝，快樂青春轉眼過；老友盡去，永離凡塵赴天國
四顧茫茫，殘燭餘年惟寂寞；只聽到老友殷勤呼喚老黑爵
我來了，我來了，黃昏夕陽即時沒；天國既不遠請即等我老黑爵
我來了，我來了，黃昏夕陽即時沒；天國既不遠請即等我老黑爵

少年不識愁滋味，初學初唱，完全不解其中況味，縱有些許悵然之感，也是「為賦新詞強說愁」的假掰。年少時期對歌的輕淺，終於在今天成了一道勝似一道的深刻烙痕。

無論老友新友，無論年老年輕，無論是臉友賴友，連絡人消失依然不捨也不忍將離去者自名單抹去。現代人塗抹何其容易，按一個鍵，連立可白的痕跡都不會留下，但按鍵竟有萬鈞之重。

偶然間手機交誼網站會冒出一個朋友的名字，提醒我，今天是他的生日，送給他一個祝福吧！或是今天是你和他成為朋友的紀念日，和他同來慶祝一番吧！或是連著跳出來十張八張照片，重現一年前或數年前你和他的歡樂相聚之回顧場景，殘忍的要我再次記起那個人和那一段日子。也曾鬧出意外，在覺得十分重要或十分有趣的一個訊息中決定將之與好友共享，按下一群分享鍵，送出了才赫然發現，其中有某某人已經送不到，因為他已經自凡塵世界離去。

不知這樣的分享，這樣的紀念，朋友還收得到嗎？

紙本的老老電話簿，不會發生這樣的事。

複製與規格

在工業化社會中，量產成了降低成本的法寶，生產線上源源推出的東西都是完全一個模樣，稍有不同則被列為瑕疵品，即刻剔除。

我的一位朋友承包一家連鎖超市的廢棄物清理工作，大卡車每天一家家去清運過期食品，一大袋一大袋的蘋果分明還極為生鮮，卻因條碼上日期已過便被下架當垃圾清走，香蕉、水梨、各種水果，各種麵包餅乾，甚至冷凍冷藏櫃中的牛排豬排、雞肉、魚肉也都如此「只認標籤不認貨」，只要保存日期一屆就當垃圾丟了。丟棄的東西，依約不准再利用，再出售，因此統統拿去養豬、養狗，他告訴我他家的豬都是吃水果長大的，他家的狗，天天吃牛排，聽得真驚心動魄，難過極了。

他另外還承包清運一家大型速食店的廢棄物。速食店的漢堡、薯條、炸雞都是垃圾中的大宗。

炸雞不是客人點了才炸嗎？點多少炸多少怎還有當垃圾丟的機會？因為雞塊中若有規格不合，太大塊了或是太小塊了便得直接丟掉，不准交到客人手上。

這叫規格化。薯條多長多寬多厚，漢堡多大多小多少重量，雞塊每塊多大多重炸成幾分焦？完全依照標準製作。這些食物本都是大自然產物，大自然界就有這種本領，沒有一樣完全相同的東西，一座森林找不出兩片完全相同的樹葉，一塊大大草地絕不可能有兩株完全一模一樣的青草，偏偏工業化了的現代人硬要教他們完全一個樣。漢堡薯條炸雞如此，連蘿蔔、南瓜、番茄等等各種農產品也要一般大小肥瘦。

我聽說配著生魚片吃的綠色紫蘇葉，都是當日從日本空運而來，因為台灣紫蘇是紫色葉子的，綠色葉的長不好。這些日本農人栽種的綠色紫蘇被要求每一片厚薄尺寸大小完全一致，大一點小一點都要淘汰，裝在盒裡，寶貝兮兮搭飛機前來。

大家都已經習慣了複製及規格，並視為正常。唯一嘔的是偶然穿了一樣的衣服，那叫撞衫，一旦撞上，雙方可能同時都恨不得找根柱子撞死。這就怪了，穿衣服非得避過雷同，吃生魚片、吃炸雞卻都喜歡一個滋味、一個大小、一個模樣。

有許多東西是無法複製的。工業化再如何精巧，就是複製不來。

我看過許多建材，複製了岩石的顏色和質感，也複製了種種木材的紋理色澤，分明一座仿造品大集合的建築物，卻教人錯覺其選材用料之豪華精緻，讚歎主人選用工料之闊氣。尤其仿木製品，有許多次我們渡假住在小木屋裡，進了房老半天細細分辨觀察始知這根本不是小木屋，而是「仿木屋」，頓時有一種受騙了的感覺，更好奇的是剛剛依稀聞嗅到的木材香從何而來？直到許久之後才知道原來木材香也可以仿製，有的是抽取其原木精華濃縮製成精油或各種噴劑，有的則直接以化學物合成仿木香而教你難分真假。因此除非噴錯了，否則你住在仿檜木小屋，裡頭可得陣陣檜木香相陪，住櫸木屋、杉木屋，都有相對之充滿原味的木材香當附贈。

最驚人的是木板材料，鑲鋪完成之後，往往用五根手指頭去仔細撫摸，用兩隻光腳板去往覆踩踏，也踩踏不出其是真是假。

仿自然技法如此之純熟，卻有一樣是仿不出來的：自然。

真正的自然竟是無法仿得來。

千方百計去仿真，工藝家及設計師一定很遺憾，到最後依然仿不了。你可以做得像，就是做不了真。真的永遠假不了。

桃園市的古蹟李騰芳古厝在全面封屋整建前我常去，一兩百年老屋，裡裡外外處處古意，這是歲月的累積，這樣的滄桑況味，只能感受，無法仿製複製。

老厝要整建時，我擔心整建出來一個煥然一新之物，我和主事者聊，他們認為我多心，信誓旦旦保證一定整舊如舊。

整建耗時多年，終於完工並恢復開放。

許多眉眉角角果如我所擔心一一消失了，例如厝後一座銃樓，那是昔時重要歷史場域，見證了豪宅的自衛功能。銃樓以土确建築建成為兩層式塔樓狀，窗子極小，用以自上窺視來犯者，也是射孔，供火器射擊。或許此樓過於破敗，也不會重建，整體重建工程完成之後已不復存在。

我保留的一幅照片攝於重建之前，這是由內朝外拍攝的老厝正廳，陽光自門外射入，使得紅磚地板的裂紋被光影強調了。

地面恰如一張老人滿是皺紋的臉。

這樣的地板磚又稱灶面磚，呈正方型，長寬各約三十多公分，厚約兩公分。早年用來鋪設在大灶最上層，大灶上常常要擺些剛起鍋的熱食，也得承載許多碗盤鍋具，用這種堅固的方磚足以承受，因此稱做灶面磚。

有些古宅的牆壁以土确砌築，再在土确外層鑲糊一層灶面磚以顯華麗並增加建築體之堅固，使得建築物看來氣派十足，這是灶面磚不用灶面之外的另一種使用功能。也有使用相對廉價不少的瓦片來糊在外牆的，謂之穿瓦衫。最便宜的工法則僅黏貼一層層稻草，勉強可以擋雨讓土确不受雨水直接侵蝕。

用灶面磚來鋪地板則是大戶人家才有的做法，如此做法肯定使得房舍總造價昂貴不少。灶面磚都是表面光滑的清水磚等級，鋪在地板上光可鑑人。唯仍不敵時光歲月，使用年久依然難免龜裂。我拍攝李騰芳老厝時，房屋主人對這樣滿是裂紋的地磚或許並不痛快，而像我這樣的訪客卻感到分外有情。

記得照片中那位帶著兩個娃的年輕母親，是多年來一直走紅在對岸的一位兒童文學家，轉眼數十年過去，那兩個孩子必然早已長大成人了。

當我重回老厝，踩在仿古紅磚地上，忍不住悄悄脫了鞋，感受一下紅磚的冰涼沁人，新鋪紅磚地板太過光滑，踩不出古意。這古意是難以複製的。

手寫稿件為何物

1

大約十幾年以來，寫作的人大致上已經完全以鍵盤書寫，紙本從作者、編者眼前逸去。既無紙本，大致上也沒有郵寄稿件這件事了。

我忽然被要求郵寄紙本稿件，不是要求我的手寫稿，而是電腦書寫之後列印出來的文稿，這倒也還算常見，許多出版品大致都還是要用這種半進化的方法進入出版程序，我去評各種企畫、競賽，主辦單位也往往要求參加人提供紙本以利評審及供做「存檔」之用，公部門存檔是非常重要的程序儀式，大小各級公部門無人膽敢違逆。

我依照要求將我的文稿列印、裝訂、置入信封，送到了郵局，並在信封上寫了印刷品三個字，後面再以括號註上稿件兩字。

郵局窗口人員問：裡面是什麼東西？

「稿件。」我據實回答。

「你說什麼稿件？」

「稿件就是文章，各種印在或是寫在紙上的，還沒發表的作品。」

「稿件怎麼可以當印刷品？印刷品是印刷物才叫印刷品呀。」

啊？我呆掉了，我從十幾歲開始郵寄稿件，將近一甲子了，稿件一律都以印刷品來郵寄，怎麼現在有這樣的認定了？

郵局櫃檯面對我的質疑，交頭接耳，討論一番，最後還去翻一本厚厚的冊子。看來較老成資深的一位趨前問我，裡面有沒有通訊性質的文字？

「有一張填在表格裡的個資吧，裡頭包括我的同意書，我的聲明書。你們可以直接打開信封看看那算不算通訊性質的文字。」

對方仍然滿臉懷疑，最後以好像下定決心承擔一切責任的口氣說：「好吧，就當印刷品吧。」收了我印刷品的郵資，大概比普通郵資少了一塊兩塊，或三塊五塊錢。

走出郵局，我覺得好像欠了人家一個人情。但心裡不解的是，何以稿件這兩個字被陌生至此？

偏偏這一陣子我必須郵寄的稿件大約有三十幾件，不是一次寄出，而是三件兩件分批的寄。我的行動範圍蠻寬的，城市、鄉村都跑，郵寄郵品順道順便行事，走到那便寄到那。而教我驚奇的是無論城市鄉村，遇到的郵局櫃檯人員幾乎都為了稿件兩個字的定義而和我魯半天，無論對方年輕年老，疑問都是一個樣。

郵局是一個尚稱保守穩定的機構，從業人員大多一幹數十年，我好奇的是稿件這兩個字幾時在郵局裡成了斷代？如果今天抽測郵務人員，搞不好極高比例的綠衣人都已不識稿件為何物了。

2

印著整齊方格的稿紙，一字一句將之填滿，一張填完另換一張。

每一張六百格是我常用的，也有五百格稿紙，另還有四百格是給低年級小朋友寫作文用的。

也有半張式的稿紙，每張三百格或兩百五十格。

書店裡買稿紙，最起初我是論張買的，一次買三張五張，慢慢的一次買十張，後來論「刀」買，一包一百張叫做一刀，為什麼叫做一刀？或許是紙廠裁切一刀下去的意思。寫得勤快時往往沒多久就寫掉一刀紙，成了吃稿紙的怪獸。

寫稿像農人插秧，插秧先用滾輪直的滾一次橫的滾一次，在平坦的水田裡滾出整齊的方格子，據說這一道工序可以讓稻田至少增加兩成插秧量，也等同於收穫提高兩成。農人張開雙腿彎下腰，左手持秧苗右手插，左右橫向游移插得飛快，一面插一面徐徐後退。插秧不能往前走，往前走便踩踏了秧苗，所以有「退步原來是向前」的人生隱語名句。寫稿人在書桌上攤開稿紙，一格格整齊書寫，寫稿也叫做爬格子，只是一路朝下寫，寫完一行換一行，寫完一張換一張。

我寫稿寫得十分慘烈，書寫時靈如泉湧欲罷不能，不顧修辭，不顧前後，一任快意奔馳，直到終了。小稿五百一千，中稿三萬兩萬，長稿十萬八萬都是這樣的習慣。

寫完回頭看第二遍，一面看一面塗塗改改，箭頭拉過來牽過去，小小一個空位置有時新塞上三百五百字，塞不下再拉一個箭頭註明轉背面，背面又塞上好幾百上千字。

如此順上一遍兩遍，撕撕貼貼，稿已面目全非，稿紙上呈現的有如一團亂毛線。此刻將之交給我最苦命的助理，也就是我的牽手，她從十幾歲跟了我便註定了苦命。她接過一張或是一疊或是一綑稿子，一筆筆逐一抄謄到新的稿紙上去。她天生當我的助理，也就註定了天生要懂得辨識我的字。我的字草得無法辨識，莫說他人，常常連我自己也認不得，有時她戲著遮其上下幾字而僅露其中一個字兩個字問我那一團是什麼？我是沒有一次通過考試的。但她居然一一辨別成功。她的字整齊得有如小學四五年級乖順的模範生，沒有省略任何一筆一劃，抄完，整張稿紙乾乾淨淨有如印刷之物。

當然過程中抄錯的是不計其數了，有的漏抄一段，有的漏抄一句，有的漏抄三個字兩個字，她厭惡貼貼補補，也不喜歡立可白的瘡瘡疤疤，抄錯了總會另換新紙，這樣的耐心耐煩，殺了我我也做不來。

當年我家開小店，她搬張小桌小凳，在店門口一面顧店招呼客人一面幫我抄稿子，偶有好奇的客人低頭探看，總必露出震驚的表情，指著我的原稿：天啊，這是英文嗎？還是日文？我敢打賭，認得出其中一個字已是人間奇才。

謄完一遍給我過目，有時發現她抄錯了，彎來繞去的段落或接口沒接準，有時是我覺得某一個地方用字遣詞不對、不好，一番塗塗改改，她便埋頭再抄一遍。一篇稿抄謄三遍是常有的事。

大致上短稿我都拚命寫得工整些避免讓她抄，長稿則不可能有耐心寫工整，同時也因為正職工作實在太過忙碌，一定得交由她來抄，抄完之後十頁八頁或好幾十頁，整理好，鄭重寄出。短稿用一個標準平信小信封裝了寄，長稿用大大信封寄，無分大小，右上角一律寫上稿件兩個字，郵寄時窗內小姐先生也一律二話不說，見了稿件兩字，直接印刷品計價收費，從來不曾問過一句。

電腦書寫陸續攻佔寫作人的寫作習慣領域之後，寫者和編者有過一段磨合期。有些是寫者遲遲不肯改變書寫習慣，有些是編者後端處理機制來不及即時跟上，因而常常還得仰賴郵寄傳送文稿及連絡。我算是跑在前面的寫作者之一，初期依然抗拒而發出哀哀悲鳴：愛就是愛，寫這心和受組合代表接受我心的愛字心中充滿了愛的意念，寫得多麼有愛意，用電腦寫時偏偏要拆成月雨心水四個碼才能構成一個愛，這一拆，我還如何和愛產生聯想？連續打出大手王月雨心水女刀小這一大串，才能出現我愛妳，寫來簡直笑話。但是抗拒歸抗拒，我明白這是不可逆的變局，最後也只好妥協，接受並加以擁抱。曾有許多朋友抵死不從，我變成一個苦口婆心的說客一一加以說服，告訴他們，餘生還很長，趁早學會電腦寫稿投資報酬率是很高、很值得的。甚至我還常在講座中下猛藥，請台下聽眾中使用電腦書寫的人舉個手，然後危言警告：沒有舉手的同學請直接回家，先把電腦書寫學會再回來聽。當然我沒有真的趕他們走，他們都是構成我領演講費最重要的基礎元素，有如衣食父母，我怎敢趕人？

我曾擔任一家報社主編，那時正逢手寫和電腦書寫世代交替的初期，我的桌上常常堆滿了手寫稿，有時休個十幾天的假，報社的同事好意找了紙箱將來稿盛裝起來，總量常多達兩三箱。版面容量有限，每天光是拆信封取出稿子和裝信封退回稿件就成了噩夢。但彼時手寫仍為主流，電腦稿百不得一。我離職兩年後出任一個月刊總編輯，五年綜理編務幾乎全部用的都是電腦稿，唯一的例外是我自己約來一位專欄作者持續五年始終都給我手寫稿。我每個月開開心心的把他的手寫稿打成電腦稿而毫無怨言，因為他是我寫作路上的恩師。我在講座中總不忘加上這個例子：在這個報社人事精簡萬分，早已沒有打字員、排版工，甚至連校對一職也裁撤沒有了，你們還想要主編採用你的手寫稿，除非你是主編的老師。

有一次我依著我老師的手寫稿打字時錯打一字，老師在下一回來稿中提出訂正，並要我嚴格交代打字小姐切勿再打錯字，我回信連連致歉並稱已嚴加要求打字小姐了，他絕不會知道打字小姐一職正是由我這個總編輯兼任。

老師過世時，師母第一時間找到了我，我也在第一時間進到已然不見恩師身影的老師的書房兼臥室，我驚見老師書桌上有一台電腦，鍵盤呈現因經常使用而特有的光澤。奉得師母之命我在默禱後打開電腦，發現裡面以電腦書寫的文稿多達數百篇，還有整理得十分整齊的寫作及投稿紀錄，原來在我那份月刊被停刊多年之後，老師持續勤快寫作，並已學會以電腦書寫多時。螢幕無言，我卻從一句一句之中，讀著老師的真情和溫度。

3

稿件已非郵局常見郵遞物，我從這一批三十多份稿件投遞經驗中真正感受到了手寫稿的時代已從這個社會上退離而去，新一代的郵政人員不識稿件為何物說來也是合理，反而是我這個中古世代的人大驚小怪了。

有錢當沽酒

以前深深感動於這首詩：

有錢當沽酒　莫買南山田
勾引催租人　驚散青松煙

只有被按年按季收過地租的人，才會曉得面對收租人來而手邊還沒籌得出租錢的苦。這詩人不忍見著人家受著這種苦，所以勸著有錢的人不要去買田去放租了，有點錢，寧可買杯酒醉他一醉。

後來覺得理當一改：

有錢當買田　切莫頻沽酒
酒多誤大事　飲頻肝壞了

多少朋友、長官、親人因酒而病而死而誤事，所以酒還是少喝為妙，寧可省下酒錢買塊薄田去耕去墾種種菜，也不致因飲而誤事傷身。就在寫這篇小文的今天，下午一位住在斜對面的鄰人肝硬化而死，長期酗酒所致。這位芳鄰做人很誠懇很客氣，只可惜閒來愛和一幫酒黨聚著喝兩杯，老是喝得顛顛然，終於喝壞了身體。此刻我也自責了，雖然他長我若干歲，我和他交情非深，在禮貌上不太好相勸，但即使如此，早知道還是應該勇於相勸才對，怪只怪自己鄉愿。

漸老人生，讀這詩的心境又有了改變：

有錢沽些酒　有錢買塊園
人生有幾何　小酌還種田

有了錢買酒喝光光也不對，千省萬省省了錢去買地置產也未必是對的，且行中庸道，買杯好咖啡犒賞辛苦勤奮的自己，友朋難得相聚淺酌小半杯美酒也無礙健康，這樣的吃法喝法不會把自己搞成月光族。少少存糧日積一點月累一點，點點滴滴聚沙成塔，終於，嘿！有一天忽然買得起幾坪鄉下最最便宜的地了，且用以耕，這樣的地遠遠離放租收租金的地步太多，當然也就不會有收租金讓佃家好生愁苦的問題了。

還是想著這位鄰人，以後再也看不到他了，一直以來我們相見必會開心互打招呼的，他嫁女兒時我們還遠赴煙波大飯店喝喜酒呢。雖然我們沒能有深交，聊天僅止於淺層，我也不是他的死黨或酒友，畢竟也是好鄰居，他的離去，讓我深深一歎。

我的方舟我的夢

1

六年前，吾兒千辛萬苦為我們完成築夢於現實世界，他了解老父的心，把位於多倫多西部一座居住二十年的美麗小屋抽筋拉皮整理得煥然一新，幾乎貴氣雅緻兼有，這不容易，這本是相背道的。

整理房子並非用以自住，而是求個好賣相，好價錢。果真房子一整理完成買家立刻上門，賣到了整個社區之最高價。

一秒鐘也沒有耽擱，甚至還在整理階段便時時分心，搜尋另一個符合我們嚮往的新標的，俗語常說，不是人找房而是房找人，終於我們被房子找上了。一棟建於一九〇〇年的林中木造屋，神奇的找到了我們。

房主人上網求售，一句話深獲我們父子之心：這是一棟沒有鄰居的房子。佔地約有五甲，三面皆是森林，一條小路沿小河通到底始可抵達。

雖是求售，卻不給看，因為房子租給一位房客，房客付租金並不乾脆，卻打定主意不想走，因而杯葛房東賣屋。

兒子一趟又一趟奔波，始終不得其門而入，只能從衛星圖上看，或自數百公尺外的一座橋跟著釣魚人找個理由偷窺一眼。而為了原有房屋已經順利出售，交屋限期即屆，不得不急尋新的住處以便搬家，這真教他好生煎熬。

最後一天，他不得不向第二順位的另一棟房屋屋主提出了口頭承諾：如無意外，明天就簽約買了。

回家的路上，兒子心有未甘，刻意再繞了一下這一九〇〇年老屋，這一下真也是老天註定，門是開的，那位始終態度不佳的房客難得臉上有了笑容，禮貌又客氣的引領入內參觀。一百多年的房子，加上長期疏於照顧，殘破可想而知，但兒子光是被進門那條長長的林中河岸小路、屋前屋後滿眼參天老胡桃樹就吸引得眼珠子要隨著口水掉下來，很快連絡上房主人，很快完成簽約，真乃喜從天降之意外。

2

接下來的整理工程何止抽樑換柱，有如廢墟的老屋，兒子真有找來怪手徹底剷除的衝動，但是老屋維持著優雅的外觀和氣質，怎麼也下不了手將它摧毀，尤其下到地下室光是看那以疊石築造厚如城牆的地基、拔地而起的厚實實木巨樑大柱，真令人凜然生敬畏心；厚厚一本屋史，記載著建造人的家世因緣，及歷代擁有者的身家故事，這是有歷史承載的載體，完全教人不忍下手。

於是，兒子展開了不可能的翻修工程，拆牆翻瓦換門換窗，步步挑戰不可能的任務。

這樣工程不但辛苦而且危險，有一回他從高處摔落，由救護車直送急診室，終幸逃過一劫；而最持久也最難耐的是漫長的冬季，門拆了窗也沒了的房子因天寒地凍冷冽不堪而停了整建的工，兒子靠一個燒柴的爐取火保暖，保護著他那一條小命，半夜再睏也不敢睡著，如果睡熟而未能即時添柴續火而教火熄了是會要命的。

整建工程在老老的外觀之中轟轟然進展，外觀維持著原樣，裡頭滔天覆地的變動驚人無比，例如把一樓的樓地板下降二十公分，理由是地下室並非常去之處，不須要太高的挑高，一樓則是居家最重要場所，增高二十公分大大提升格局與氣勢。說來簡單，地板下降二十公分真是令人匪夷所思之艱鉅。

整個過程更是步步驚奇，即使只是房間隔牆所貼壁紙，當層層貼覆被逐一剝除時，逐層展現了一九〇〇年以來不同時期的牆飾風格、設計和材質，施工幾乎就有如在考古了。

此時教人聞之驚悚的事突然出現了，與老屋緩步而精細的整建同時，附近的寬闊森林、田野相繼被以排山倒海之姿摧毀，原來這個區域已被政府列為重點開發區，即將引進大量人口入住。這不在我們預料之中，綠色大地慘遭鯨吞蠶食，接二連三前來拜訪要求讓售土地的房地產商更是教人不勝其煩。我們擁有這一塊小小的五公頃土地只想與鹿、鳥、狸、浣熊、土撥鼠、野兔共享，我們完全不曾想到要從其中獲利，但全面性的開發動作導致稅金高漲，教我們不勝負荷，在完全想不出兩全之計之下，最後也只能棄守他去。

這是多麼教人心碎的決定。

一切美好的夢，與眾生同棲於斯的願望終究破滅了。

森林、老屋，連同六年來劃出一個小小生活圈進行的小面積整理，種了蔬菜、蘆筍，種了櫻花、櫻桃、芍藥牡丹，薰衣草和藍莓、紅莓……，就此統統打包出清，一樣也沒得留。

我們將搬往何處去呢？南安大略有許多美麗寧靜的小城，白鴿鎮、蔚藍小鎮、聖凱薩琳斯、伊利、……？

一處處尋尋覓覓，尋一個棲身之處，怕只怕往後又一次噩夢重演而不得不遠離南安，這一次搬遷距離更遠，與百年老屋相距何止千公里！

3

我們不是上帝，我們無能打造一座方舟，為生靈造方舟是上帝的事。

我曾經有夢、有願，也曾經有了行動，只是方舟之夢前後六年便驚醒。佛家有云，願有多大力有多大，始知這終究只是一句勵志之言，徒有願力而無強大的實力做後盾終究不濟。

別矣我們的五甲方舟，再見我的夢。

釀文學261　PG2708

十八甲阿公

作　　者　邱　傑
校　　對　吳正牧、陳秀江、劉銀丹、林秀玲、張榮健、黃瑞田、鄧榮坤
責任編輯　姚芳慈
圖文排版　陳彥妏
封面設計　劉肇昇

出版策劃　釀出版
製作發行　秀威資訊科技股份有限公司
114 台北市內湖區瑞光路76巷65號1樓
電話：+886-2-2796-3638　傳真：+886-2-2796-1377
服務信箱：service@showwe.com.tw
http://www.showwe.com.tw
郵政劃撥　19563868　戶名：秀威資訊科技股份有限公司
展售門市　國家書店【松江門市】
104 台北市中山區松江路209號1樓
電話：+886-2-2518-0207　傳真：+886-2-2518-0778
網路訂購　秀威網路書店：https://store.showwe.tw
國家網路書店：https://www.govbooks.com.tw
法律顧問　毛國樑　律師
總 經 銷　聯合發行股份有限公司
231新北市新店區寶橋路235巷6弄6號4F
電話：+886-2-2917-8022　傳真：+886-2-2915-6275

出版日期　2022年3月　BOD一版
定　　價　280元

讀者回函卡

Printed in Taiwan

國家圖書館出版品預行編目

十八甲阿公/邱傑著. -- 一版. -- 臺北市 : 釀出版,
2022.03
面 ;　公分. -- (釀文學 ; 261)
BOD版
ISBN 978-986-445-598-0(平裝)

863.55　　110020866